Schmerzliebchen

Umschlagsfoto:

„Gefährliche Schönheit"

Erwin de Buhr (2016)

Schmerzliebchen

Ein Frauenschicksal in Ostfriesland

Roman von Marion Scheer

(1998/2019)

Impressum:

Bibliografische Information der Deutschen Nationalbibliothek: Die Deutsche Nationalbibliothek verzeich-
net diese Publikation in der Deutschen Nationalbibli-
ografie; detaillierte bibliografische Daten sind im
Internet über dnb.dnb.de abrufbar.

© 2019 Marion Scheer

Herstellung und Verlag:
BoD – Books on Demand, Norderstedt
ISBN: 9 783749 498406

Kapitelübersicht:

1. Blechschaden

Die Bremsen seines Wagens gaben einen unangenehm quietschenden Ton von sich, und dann saß er auch schon auf ihrer Stoßstange. Das laute Krachen des Aufpralls und das knirschende Splittern von Glas waren nicht zu überhören.

"Scheiße, auch das noch!", entfuhr es ihm. Er stieg aus, um den Schaden abzuschätzen. Die junge Frau am Steuer des nagelneuen türkisfarbenen Golfs bewegte sich nicht von der Stelle. Sie schien zu weinen. Holger fühlte sich wie ein Vollidiot.

Der Schaden an den beiden Wagen hielt sich, soweit er es auf die Schnelle beurteilen konnte, glücklicherweise in Grenzen. Aber er hatte gerade den größten Fehler begangen, der einem professionellen Detektiv passieren konnte. Wie ein blutiger Anfänger, hatte er sich durch diesen vermeidbaren Auffahrunfall selbst enttarnt!

Holger hätte sich ohrfeigen mögen, während er zur Fahrertür ihres Wagens ging, um nachzusehen, ob sie unverletzt war.

Hinter ihnen begann gerade ein ohrenbetäubendes Hupkonzert, als er der Frau, die er seit drei Tagen beschattete, zum ersten Mal direkt in die Augen schaute.

Jennie kurbelte langsam das Autofenster herunter, nachdem sie mit einem Tempotaschentuch ihre Tränen weggewischt und kräftig die Nase geschnäuzt hatte. So etwas wie dieser blöde Unfall hatte ihr gerade noch gefehlt! Jetzt fing Tobias im Fond des Wagens lauthals an zu schreien. Hoffentlich fehlte ihrem kleinen Schatz nichts Ernstes.

"Ich weiß nicht, wie das passieren konnte", sagte sie etwas unsicher. Der gutaussehende Mann beugte sich geschmeidig zu ihr hinunter und sah sie mitleidig an.

Sie war sich nicht ganz sicher, wer Schuld hatte.

"Entschuldigen Sie bitte. Ich hab einen kleinen Moment nicht aufgepasst! Die Ampel wurde so plötzlich rot ...", stammelte sie deshalb und versuchte es instinktiv mit einem Augenaufschlag.

"Schon in Ordnung, es war meine Schuld. Aber sehen Sie besser jetzt nach dem Kind. Es ist hoffentlich nicht verletzt?" Holger sprach ruhig und freundlich. Dann öffnete er die Autotür und war ihr beim Aussteigen behilflich.

Jennies Knie gaben nach, so dass sie sich einen Moment auf Holgers Arm stützte, bevor sie endlich nach ihrem zweieinhalbjährigen Sohn sehen konnte. Tobias hatte sich offensichtlich nur erschreckt. Als seine Mutter sich über ihn beugte, lachte er schon wieder und wollte unbedingt aussteigen. Sie nahm ihn auf den Arm und drückte ihn inbrünstig an sich. Nicht auszudenken, wenn dem Kleinen etwas zugestoßen wäre!

Inzwischen herrschte ein absolutes Chaos an der Unfallstelle. Gaffende Leute umringten sie von allen Seiten, und die wartenden Autos standen in einer ungeduldigen Schlange. Hin und wieder setzte das nervige Hupen von neuem ein.

Auf der gegenüberliegenden Straßenseite erschien ein Polizeiwagen mit Blaulicht und ohrenbetäubender Sirene. Schnell arbeiteten sich die beiden Polizisten zu ihnen vor. Als erstes sorgten sie dafür, dass der lahm liegende Verkehr wieder in Fluss kam. Dann stellten sie Fragen und nahmen Holgers und Jennies Personalien auf.

Es war Jennies erster Verkehrsunfall. Und obwohl sie absolut keine Schuld daran trug, konnte sie sich einfach nicht beruhigen. Ununterbrochen stiegen ihr Tränen in die Augen. Ihr leicht lädierter Golf stand inzwischen auf dem Seitenstreifen, und Tobias saß wieder ungeduldig glucksend in seinem Kindersitz. Er beobachtete jede Bewegung der Polizisten und wäre am liebsten mit ihnen ins Polizeiauto gestiegen.

"Bitte fahren Sie jetzt zügig Ihre Wagen weg, damit der Verkehr nicht unnötig behindert wird", bestimmte einer der Beamten, als die Formalitäten erledigt waren. Kurz darauf verließ die grün-weiße Limousine auch schon die Unfallstelle.

"Können Sie denn in Ihrem Zustand fahren, Frau Uphoff? Ich befürchte, Sie stehen noch unter Schock!" Holger sah Jennie besorgt an. Sie wirkte so hilflos und zerbrechlich, dass er sie beinahe tröstend in den Arm genommen hätte.

"Ich weiß nicht ...", stammelte sie nur und sah Holger verwirrt an. Es kam ihr vor, als sei sie nicht recht bei Sinnen.

"Politei! Politei! Mama, Politei is weg!", brüllte ihr kleiner Sohn ununterbrochen.

Es half nichts! Hier konnten sie unmöglich länger stehen bleiben, also musste Holger eine Entscheidung treffen.

"Ich fahre meinen Wagen schnell auf den Parkplatz gegenüber. Dann bringe ich Sie nach Hause. Schließlich ist es ja meine Schuld, dass Sie diese Unannehmlichkeiten haben!"

Noch ehe Jennie ihm widersprechen konnte, saß er in seinem alten sehr gepflegten BMW und brauste davon. Die junge Frau setzte sich still auf den Beifahrersitz ihres Wagens und wartete. Tobias löcherte sie in Kleinkindmanier. Aber sie fühlte sich einfach unfähig, ihm zu antworten.

"Mama is taulich?", fragte er nach einer Weile leise. Die unsicheren Worte des Kindes brachten sie endlich wieder zur Besinnung.

Was war eigentlich Weltbewegendes geschehen? Sie hatte gänzlich unverschuldet einen kleinen Unfall gehabt! Die Versicherung des netten Mannes würde ihr den Blechschaden ersetzen, und außerdem wollte er sie sogar nach Hause bringen. Eigentlich kein Anlass für aufsteigende Depressionen.

Holger stieg an der Fahrerseite ihres Wagens ein und rückte sich den Sitz zurecht. Er war viel größer, als die zierliche Jennie, fast einen Meter und neunzig. Sportlich gab er Gas und fädelte sich gekonnt in den fließenden Verkehr ein. Obwohl er selbstverständlich durch seine bisherigen Recherchen längst genau wusste, wo Jennie wohnte, fragte er lächelnd: "Wohin darf ich sie bringen, Frau Uphoff?"

Jennie nannte ihm ihre Anschrift und fügte noch ein paar kurze Erklärungen zur Wegstrecke hinzu. Holger nickte nur. Er musste sich auf den starken Verkehr konzentrieren. Es war ein fürchterliches Gewühl an diesem Freitagvormittag in Aurich.

Am Monatsanfang, wenn die Leute das Geld in den Taschen zu quälen schien, waren ihm die Städte immer besonders unangenehm. Andererseits konnte er in dieser Hektik, wo keiner auf den anderen achtete, gut ungestörte Beobachtungen vornehmen. Das hatte er eigentlich auch heute beabsichtigt, als schließlich alles anders kam.

Jennie beruhigte sich inzwischen zusehends. Sie betrachtete ihren netten Chauffeur eingehend von der Seite. Er mochte etwa Vierzig sein, hatte graumeliertes sehr volles dunkles Haar, ein glattrasiertes männliches Gesicht mit sinnlichen Lippen und einem kleinen Grübchen im Kinn. Seine freundlichen Augen waren von schwarzen für einen Mann unverschämt langen Wimpern umrahmt. Die gesamte Erscheinung wirkte sportlich leger.

Jennie schaute auf den zerknitterten Zettel mit den Versicherungsdaten des Unfallverursachers, den sie noch immer verkrampft in der rechten Hand hielt. "Holger Jaspers" stand unter "Name". Es war eine Adresse in Düsseldorf angegeben. Der Mann machte gewaltigen Eindruck auf sie.

Mechanisch klappte sie die Sonnenblende herunter, um in dem kleinen Spiegel auf der Rückseite ihr Aussehen zu kontrollieren. Panisch kramte sie anschließend in ihrer Handtasche nach dem Lippenstift. Viel konnte der jetzt zwar auch nicht mehr herausreißen, aber sie fühlte sich mit geschminkten Lippen wenigstens etwas wohler.

Holger pfiff leise eine bekannte Filmmelodie vor sich hin. Aus dem Augenwinkel beobachtete er Jennies blinden Aktionismus amüsiert. "Sie sehen einfach bezaubernd aus, Make-up haben Sie doch gar nicht nötig!" Er meinte das wirklich ernst.

Seit er die junge Frau beobachtete, war ihm ihre anziehende Natürlichkeit besonders aufgefallen.

13

Einige der Fotos hatte er sogar extra vergrößert und an seine Pinnwand gespießt, um ihr Gesicht eingehender betrachten zu können.

Sie lief rot an. "Ich tu, was ich kann — aber manchmal ist es eben nicht genug!", antwortete sie kokett und tastete mit den Fingern ordnend nach ihrem im Nacken zusammengebundenen kräftigen blonden Haar.

"Mama, Hause fahn", brabbelte Tobias auf dem Rücksitz.

"Ja, Tobias. Der nette Onkel fährt uns jetzt nach Hause, mein kleiner Schatz. Wir sind gleich da."

Jennie war plötzlich ausgezeichneter Laune. Seit Jahren war es ihr nicht mehr so gut gegangen. Dieser Holger Jaspers vermittelte ihr das Gefühl wichtig zu sein.

"Hoffentlich macht Ihre Frau keinen Ärger wegen dem Unfall", bemerkte Jennie scheinheilig.

"Nein, nein, keine Sorge, das ist mein Dienstwagen. Und verheiratet bin ich genau genommen nicht."

"Das ist prima!", rutschte Jennie heraus, und sie wurde schon wieder rot.

2. Jennies Zuhause

Holger bog in die Hauseinfahrt ein und stellte den Motor ab.

"Da wären wir, kleiner Mann! Siehst du, Onkel Holger hat Mama und dich gut nach Hause gebracht", sagte er nach hinten zu dem Kind gewandt und setzte ein breites Lieber-Onkel-Grinsen auf.

"Soll ich Ihnen ein Taxi rufen, Herr Jaspers? Oder wollen Sie vielleicht vorher noch einen Kaffee trinken?" Jennie sah den Traummann halb fragend, halb bittend an.

"Kaffee wäre nicht übel. Aber lassen Sie uns erst einmal den Kleinen aus seinem Sitz befreien." Tobias zerrte nämlich wie wild an seinem Sicherheitsgurt und drohte fast, sich damit zu erwürgen.

Jennie ließ ihren Sohn aussteigen, der sofort wie ein Kugelblitz im Garten hinter dem Haus verschwand. Dann schloss sie die Haustür auf. Ihr wurde plötzlich bewusst, dass Holger Jaspers der erste Mann seit Ubbos Tod war, der mit ihr allein eine Tasse Kaffee trinken würde, von mehr ganz zu schweigen. Sie führte seither ein noch zurückgezogeneres Leben als in ihrer bedrückenden Ehe.

Für einen arbeitslosen Maurerpolier war das Einfamilienhaus erstaunlich groß und von einem Garten umgeben. Zwei symmetrisch angeordnete Apfelbäume ragten aus einer sauberen Rasenfläche ohne das kleinste Wildkräutlein. Ringsherum säumten braune glatt geharkte Beete das Grün. Am äußersten Ende des Gartens befanden sich eine Kinderschaukel und ein Sandkasten. Die hohe exakt geschnittene Hecke verwehrte allzu Neugierigen den Einblick. Auch der Detektiv war zunächst an ihr gescheitert. In dieser Stadtrandgegend kannte jeder jeden, und es war nicht ungefährlich, als Auswärtiger einfach unbefugt auf einem fremden Grundstück herumzustöbern.

Zum Ausgleich hatte er aber redselige Nachbarn gefunden, die ihm allen Klatsch über Jennie bereitwillig erzählten. Viel Verwertbares war leider nicht dabei gewesen. Sie kannten die zurückhaltende Frau kaum. Dass es sich bei dem Tod von Ubbo Uphoff um Selbstmord handelte, schlossen die Tratschtanten allerdings vehement aus. Da hätte seine Frau eher Grund gehabt, sich etwas anzutun. Denn der grobe Kerl sei ein Ekelpaket gewesen, war die allgemeine Meinung. So sah Holger es in dieser Hinsicht geradezu als einen Glücksfall an, dass Jennie ihn vertrauensselig in ihr Haus einlud.

Sie bat ihn, in der „guten Stube" Platz zu nehmen. Das war ein Privileg, denn gewöhnlich wurden Besucher von ihr in der großen Wohnküche empfangen. Die Stube war bisher besonderen Anlässen, wie Weihnachten, Taufe und runden Geburtstagen, ja letztendlich auch der Trauerfeier für ihren Mann, vorbehalten gewesen. Deshalb stand sie fast immer leer und wurde auch im Winter selten beheizt. Nur Jennie ging zum Saubermachen und Lüften ab und zu hinein. Dann freute sie sich jedes Mal an den schönen üppigen Möbeln. Sie sahen noch so aus, als wären sie eben erst mit dem Möbelwagen geliefert worden, keine Kratzer, keine Abnutzungserscheinungen.

Holger versank in dem dicken grün geblümten Polstersessel, den Jennie ihm angeboten hatte, und sah sich interessiert um, während sie den Kaffee kochte. Das Zimmer war ihm entschieden zu plüschig. Gewöhnlich bezeichneten er und

Saskia, seine Lebensgefährtin, solche Einrichtungen schmunzelnd als „Gelsenkirchener Barock".

Der große verschnörkelte auf Eiche getrimmte Schrank wirkte erdrückend auf ihn. Als einzige Auflockerung waren zwei dicke noch sauber in Folie verpackte Bücher und einige kleine Porzellanfigürchen, wie verloren, über die gesamte dunkle Fläche verteilt. Die üppig gerafften blütenweißen Gardinen erschienen ihm wie Staubfänger. Dunkelgrüne schwere Samtvorhänge grenzten die breite Fensterfläche gegenüber einer hellen, mit einem zarten Muster aus Gräsern bedruckten, Tapete ab. Der beige makellose Velourteppichboden war zum Betreten fast zu schade.

Vielleicht hätte er seine Schuhe besser vor der Tür zum Allerheiligsten abstellen sollen, dachte er einen Moment lang. Dann brachte Jennie ein Tablett mit duftendem Kaffee und selbstgebackenem Napfkuchen ins Zimmer und setzte es sehr vorsichtig auf die Marmorplatte des steifen rechteckigen Eichentisches.

"Oh, das riecht ja sehr verlockend!" Holger war ehrlich begeistert. Seit Jahren hatte er keinen selbstgebackenen Napfkuchen mehr bekommen. Jennie lächelte ihn dankbar an und holte behän-

18

de ihr bestes Kaffeegeschirr, mit grünen Efeuranken auf weißem Grund, aus dem Schrank. Die selten bewegten Türen quietschten ehrfurchtsvoll beim Öffnen und Schließen. Nachdem sie den Kaffee eingegossen und den Kuchen auf die Tellerchen verteilt hatte, konnte sie sich endlich entspannt ihrem Gast widmen. Ihr Make-up hatte sie in Windeseile perfekt erneuert, während der Kaffee durch die Maschine lief. Auch ihre Frisur sah inzwischen wieder annehmbar aus. So fühlte sich die junge Witwe einigermaßen sicher.

"Schmeckt Ihnen der Kuchen? Er ist selbstgebacken." Sie sah Holger erwartungsvoll an und ihre Wangen trugen einen roten Hauch, der nicht von Make-up stammte.

"Ausgezeichnet! So etwas Gutes habe ich seit dem Tod meiner Großmutter nicht gegessen. Ich dachte, die Frauen von heute könnten gar nicht mehr richtig backen", antwortete Holger mit vollem Mund. Er nahm einen Schluck von dem kräftigen Kaffee.

"Ich hab's von meiner Schwiegermutter gelernt. Mein verstorbener Mann wollte immer eine gute Hausfrau heiraten. Ich war ja damals noch fast ein Kind und musste mir alles erst beibringen." Jennie sprach nicht ohne einen gewissen Stolz in der Stimme. Irgendwie hatte sie zum ersten Mal das Gefühl, ihr verkorkstes Leben im Griff zu haben.

"Ach, sie sind schon Witwe? Das ist sicherlich ein schwerer Schicksalsschlag für Sie gewesen!" Holger heuchelte Überraschung und Mitgefühl.

"Ja, es war ein schrecklicher Unfall vor einigen Wochen ...", stammelte Jennie, denn die beängstigenden Bilder drängten mit Macht völlig unvermittelt erneut in ihr Bewusstsein.

Sie sah Ubbo auf der Intensivstation, nicht ansprechbar, mit lauter Apparaten verbunden — ein lebender Leichnam. Dann quälten sie die endlosen peinlichen Befragungen durch die Polizei. Es war ihr so vorgekommen, als sollte ihr gesamtes Privatleben in alle noch so unwichtigen Einzelheiten zerpflückt werden. Auf ihren eigenen Seelenzustand und den der Kinder hatte niemand wirklich Rücksicht genommen.

"Es tut mir sehr leid!", murmelte Holger leise und ehrlich betroffen, als er Jennies Stimmungsänderung bemerkte.

Sie sah ihn mit dem Blick eines tieftraurigen kleinen Mädchens an, das Schreckliches erlebt hatte aber nichts verstand.

"Schon gut! Manchmal ist das Leben halt so", bemerkte sie ebenso leise und machte den Versuch zu lächeln. "Aber, erzählen Sie mir doch etwas von sich! Haben Sie an der Küste Ferien gemacht?"

Holger fühlte sich plötzlich in der Zwickmühle. Obwohl er von ihrem Kummer emotional berührt war, musste er Jennie ohne verräterisches Zögern eine klopffeste Lügengeschichte auftischen.

"Nein, nein, ich bin nicht zur Erholung hier, sondern beruflich", antwortete er und trank einen Schluck Kaffee, um Zeit zu gewinnen.

"Ach, beruflich! Da kommen Sie ganz von Düsseldorf her? Was arbeiten Sie denn hier? Es gibt doch bei uns so wenig Arbeit und so viele Arbeitslose", fragte Jennie erstaunt. Ubbo hatte ihr immer erzählt, dass man in Nordrhein-Westfalen viel bessere Arbeit finden könnte.

"Ich bin für ein großes Architekturbüro in Düsseldorf tätig. Wir haben oft in Ostfriesland zu tun, einige bedeutende Aufträge im Rahmen von Stadtsanierungen und so. Verstehen Sie?" Er beobachtete Jennies Gesicht genau, während er die Worte professionell aneinander reihte. Sie schien auf eine naive Art beeindruckt zu sein.

Völlig an den Haaren herbeigezogene Ausreden liebte Holger nicht. Wenn ein Lügengespinst haltbar sein sollte, musste man immer einige Körnchen reiner Wahrheit hinein weben. Deshalb hatte er auch in diesem Fall nur die Realität ein wenig verdreht.

Saskia von Burg, die Frau mit der er in Düsseldorf lebte, führte ein angesehenes Architekturbüro, das für Kunden in ganz Deutschland arbeitete. Er half ihr ab und an bei dem lästigen Bürokram, wenn er selbst keinen wichtigen Auftrag hatte. Dafür wohnte er kostenlos in ihrem wundervollen alten Haus in der Nähe der Königsallee. Es war eine exklusive Wohngegend am Rande der pulsierenden Altstadt, grün und trotzdem zentral.

Seine Lebensgefährtin hatte das heruntergekommene Gebäude vor Jahren geerbt, es gefühlvoll restauriert und von innen vollkommen modernisiert. In den beiden oberen Etagen richtete sie ihre großzügige und komfortable Wohnung ein, der Rest diente ihr zu beruflichen Zwecken. Saskia wusste immer genau, was sie wollte, und sie bekam es auch. Im Moment zählte sie zu den erfolgreichsten Frauen ihrer Branche.

"Sie sind Architekt! Das ist ja ein guter Beruf", bemerkte Jennie ehrfürchtig. Der sympathische Mann entrückte in diesem Moment in für sie unerreichbare Sphären. Sie war intelligent genug, um sich ihrer mangelhaften Bildung bewusst zu sein. Woher sollte die auch kommen, wenn eine mit Sechzehn schwanger wurde und nachher nur noch für Mann und Kinder zu Hause schuftete, entschuldigte sie sich vor sich selbst.

Holger war erleichtert, dass die junge Frau seine Lüge ohne den geringsten Argwohn schluckte. Mit einem Gefühl von Überlegenheit lehnte er sich entspannt in den Sessel zurück und sah Jennie lächelnd an. "Ach ja, der Beruf ernährt mich ganz leidlich und macht meistens sogar Spaß. Ich komme viel herum und lerne interessante Menschen kennen. Aber nicht alle sind so nett wie Sie!"

Sein nicht gerade originelles Kompliment traf Jennie wie Amors Pfeil. Sie glaubte bis in die Haarspitzen zu erröten. Zitternd stellte sie ihre Kaffeetasse ab und fragte: "Möchten Sie vielleicht noch etwas Kuchen? Ich hab noch welchen in der Küche."

Holger bemerkte, dass sie ihn absolut hilflos an-himmelte. Und obwohl ihm die emanzipierte Saskia die letzten Reste seines ehemaligen Gockelverhaltens gehörig abgewöhnt hatte (ge-nau wie das Pinkeln im Stehen), blähte stolze Männlichkeit in diesem Augenblick seine Brust. Es kam ihm in den Sinn, dass er ihre offensichtli-che Sympathie für seine beruflichen Zwecke aus-gezeichnet nutzen könne. So würde sich seine blöde Anfängerschlappe vielleicht doch noch zu einem Erfolg wenden lassen.

Er überlegte kurz und antwortete dann: "Nein danke! Ich kann von selbstgebackenem Kuchen zwar nie genug bekommen, aber ich muss mei-nen Wagen unbedingt noch heute in eine Werk-statt bringen. Mit kaputtem Scheinwerfer und ohne Blinklicht fährt es sich wirklich sehr schlecht bis Düsseldorf!" Er lächelte Jennie an und zwinkerte verschmitzt mit dem rechten Au-ge. "Vielleicht darf ich Sie am Wochenende als kleine Entschuldigung zum Essen einladen? Ich werde mir gewiss hier in der fremden Stadt ohne meinen Wagen sehr einsam vorkommen."

Jennie fühlte sich geschmeichelt. Von so einem klugen gutaussehenden Mann war sie noch nie-mals eingeladen worden. Eigentlich hatte sie überhaupt noch nie jemand zum Essen eingeladen. Während sie noch zögerte, ihm zu antworten, hörte sie plötzlich Sabrina und Nadine im Hausflur fürchterlich laut streiten.

"Du musst dir nicht dauernd einbilden, dass du was Besseres bist!"

"Ph! Du bist ja viel zu blöd zum Rechnen!"

"Ich bin älter als du, da wird alles viel schwerer! Wirste selbst noch sehen, eingebildete Schnepfe!"

"Blöde gemeine Ziege, ich sag alles Mama! Mama, Sabrina ärgert mich! Mama!"

"Mama, wo bist du?"

"Mama, ich hab in Mathe eine Zwei! Mama!"

Jennie ging schnell zur Tür, um die Rasselbande zu stoppen. Was sollte Herr Jaspers für einen Eindruck von ihren Kindern bekommen?

"Hier bin ich! Nun hört endlich mit dem Streit auf, wir haben Besuch", herrschte sie ihre beiden Töchter an. Sabrina machte Telleraugen, als sie ihre Mutter unvermittelt in der Tür zur guten Stube stehen sah. Was mochte das für ein Besuch sein, der an einem gewöhnlichen Wochentag so fürstlich empfangen wurde? Die Neugierde der Mädchen war geweckt, und der heftige Streit blieb derweil unvollendet in ihren schlecht gewaschenen Hälsen stecken.

Ehe Jennie noch irgendetwas erklären konnte, hatten die beiden Schwestern sie zur Seite gedrängt und starrten wie angewurzelt auf den ebenso erstaunten Holger Jaspers.

Die achtjährige Nadine fand zuerst ihre Sprache wieder: "Mama, wer ist denn deeer?" Sie deutete dabei höchst verunsichert mit ihrem Zeigefinger auf den Fremden, der wie selbstverständlich an einem normalen Freitagmittag in einem ihrer besten Sessel saß und es sich gut gehen ließ. Selbst die Polizisten und die aufdringlichen Leute von der Versicherung waren von Mama nach Papas Tod nicht in die Stube geführt worden.

"Mama, warum darf der Mann in unserer Stube sitzen und deinen Kuchen essen?", fragte Sabrina ziemlich unverschämt. Das kräftige zehnjährige Mädchen hatte den Kopf provozierend in den Nacken geworfen und betrachtete Holger von oben herab.

Seit ihr Vater tot war, spielte die Älteste sich gern als seine Nachfolgerin auf und versuchte ihre Mutter und die jüngeren Geschwister manchmal besserwisserisch zu tyrannisieren.

"Seid nicht so unhöflich zu Herrn Jaspers! Mein Auto war kaputt, da hat er mich und Tobias nach Haus gebracht", wies Jennie die beiden Mädchen zurecht.

"Das sind meine Töchter, Sabrina und Nadine. Bitte entschuldigen Sie ihr schlechtes Benehmen, ihnen fehlt der strenge Vater!"

Nadine wirkte etwas betroffen und knickste verlegen. "Hallo!", sagte das dunkelblonde hübsche Mädchen mit dem wachen Blick und lächelte unsicher.

Sabrina war von ganz anderer Natur. "Wieso ist unser nagelneuer schöner Wagen kaputt? Hast du etwa einen Unfall gebaut?", stellte sie ihre hilflose Mutter entrüstet zur Rede.

"Ich war nicht schuld. Es ist jemand aufgefahren", antwortete Jennie schwach.

"Ach, so! Hast du auch die Polizei geholt? Papa hat gesagt, dass du bei einem Unfall immer die Polizei holen musst!" Sie stemmte die Hände in die Hüften, dass sie aussah wie ein Henkeltopf.

"Deine Mutter hat sich vorbildlich verhalten, und der Schaden wird von der Versicherung vollkommen beglichen, junge Dame", kam Holger

Jennie zu Hilfe. Sabrina blickte den Mann genau an. Er hatte eine schöne Stimme und war ihr plötzlich gar nicht mehr unsympathisch. Sie strich sich eine Strähne ihrer hellblonden Löwenmähne aus dem Gesicht und schritt dann mit eingezogenem Bauch und herausgedrückter Brust auf den attraktiven Fremdling zu, um ihm huldvoll lächelnd ihre Hand zu reichen.

Holger musste sich das Lachen verkneifen, während er die schwitzige Hand der kleinen Lolita ergriff und freundlich "Hallo, Sabrina!", sagte.

Sie schenkte ihm noch einen übertriebenen Augenaufschlag, drehte sich dann auf dem Absatz herum und verließ mit wiegendem Gang das Zimmer, dabei glich sie mehr einem betrunkenen Seemann als einem Model.

"Das Essen steht auf dem Herd. Ihr könnt euch schon auftun", rief Jennie hinter den beiden Mädchen her, die nun solidarisch in der Küche verschwanden. Holger erhob sich höflich aus dem Sessel. Er wollte die Familie nicht beim Essen stören. Außerdem wurde es auch höchste Zeit, dass er zur Werkstatt kam. Am Wochenende würde dort nicht allzu viel laufen, da wurden sicher nur gute Stammkunden bevorzugt bedient.

"Ich muss jetzt leider gehen. Nochmals herzlichen Dank für den Kaffee und den leckeren Kuchen. Wären Sie bitte so liebenswürdig, mir das Taxi zu rufen, Frau Uphoff?"

"Ja, das hab ich beinah vergessen! Natürlich, mach ich sofort!" Jennie eilte zum Telefon in der Diele und erledigte den Anruf. Holger stand während dessen etwas deplaciert in der offenen Stubentür.

Das Haus bestätigte auch im Innern seinen ersten Eindruck. Es war geräumig, sehr sauber aber ziemlich altmodisch und ohne den gewissen Pep. Der Detektiv hatte beruflich und privat schon viele verschiedene Häuser und Wohnungen gesehen. Meistens stellten sie ein exaktes Spiegelbild der Mentalität ihrer Besitzer dar. Deshalb hatte er sich angewöhnt, auch scheinbar unwichtige Details immer genau wahrzunehmen. Aber gerade diese kleinen liebevoll ausgewählten oder mühevoll gesammelten Ergänzungen zum notwendigen Mobiliar waren es, die hier fehlten.

Alles, bis auf die üppige Stubeneinrichtung, wirkte funktional und schmucklos. An den Fenstern standen keine Blumentöpfe. Es gab weder einen Läufer auf dem Fußboden, noch Bilder an den einfallslos tapezierten Wänden. Die schmiedeeiserne Garderobe hing verloren in dem kahlen langgestreckten Flur und war sehr aufgeräumt. Neben dem an der Wand befestigten grauen Telefon stand keine Sitzgelegenheit. Die vier von der Diele abgehenden mit Eichenfurnier belegten Zimmertüren waren sämtlich ohne Lichtausschnitte. Unter der Decke klebte, wie ein glibbriger gelber Pudding, die einzige Lampe. Eine leicht geschwungene geschlossene Holztreppe, mit braun gemustertem Teppichboden belegt, führte steil ins obere Geschoss.

In diesem Haus konnte er bisher bei aller Anstrengung keine Spur der zierlichen Jennie entdecken.

Aus der Küche war plötzlich lautes Gezeter zu hören. Die Mädchen hatten ihr heftiges Streitgespräch wieder aufgenommen.

"Ich hätte am Samstagabend vielleicht Zeit ...", riss Jennie Holger aus seinen Betrachtungen.

"Oh, ja, das ist phantastisch!", freute er sich eine Spur zu übertrieben. "Ich hole Sie gegen zwanzig Uhr ab. Ist Ihnen das recht? Haben Sie überhaupt jemanden für die Kinder?"

"Sabrina hat ihre Geschwister ganz gut im Griff. Sie haben meine Älteste ja vorhin schon erlebt. Ich kann sie wohl mal allein lassen, wenn es nicht zu lange dauert", erklärte die junge Frau mit einem dankbaren Blick und öffnete die Haustür. Das Taxi hielt im selben Moment vor der Einfahrt.

"Dann bis morgen Abend. Ich freue mich darauf", sagte Holger und drückte Jennies Hand zum Abschied vorsichtig. Sie zitterte leicht in seiner, fast wie ein gefangenes kleines Tier. Scheu lächelte Jennie ihn an und hauchte nur: "Ja, ich auch!"

Holger fragte den Taxifahrer nach einer Werkstatt, die seinen alten geliebten BMW auf Vordermann bringen könnte. Der Mann war außerordentlich hilfsbereit und nannte ihm gleich mehrere Möglichkeiten. Zum Dank stockte Holger den Fahrpreis um ein ansehnliches Trinkgeld auf. Er entschied sich für den nächstgelegenen Betrieb, denn bei seinem alten Modell hatten selbst die Vertragswerkstätten die passenden Teile nie vorrätig.

Der Monteur war schon in Wochenendstimmung und hätte Holger am liebsten abgewimmelt.

"Vor Mitte nächster Woche wird das eh nix. Es ist schließlich schon Freitagnachmittag, da arbeitet doch regulär kein Schwein mehr", brummte er verärgert in seinen ungepflegten Bart.

"Bitte sehen Sie zu, was sich machen lässt. Ich bin ohne meinen Wagen aufgeschmissen. Es soll Ihr Nachteil nicht sein. Ich bezahle auch gerne einen Feiertagsaufschlag." Holger behandelte den ungehobelten Burschen mit Glaceehandschuhen. Er wusste unmotivierte Handwerker aufzumuntern.

Und wirklich, der Mann wurde zusehends freundlicher. Er kratzte sich mit seinen ölverschmierten Fingern am Kinn und betrachtete Holgers Wagen nachdenklich.

"Na, da haben wir aber einen Veteranen. Der hat doch locker zwölf Jahre auf dem Buckel — ob wir dafür so schnell die passenden Teile bekommen?", brummte er.

"Er ist sogar schon fünfzehn Jahre alt. Aber bestens gepflegt und immer ordnungsgemäß gewartet. Sie müssen wissen ich hänge an dem Schmuckstück", warf Holger lächelnd ein.

"Ich könnte Ihnen vielleicht unseren alten Firmenwagen so lange leihen bis Ihr Liebling wieder flott ist. Aber ich warne Sie: Es ist ne alte Möhre, hat einige Zicken", schlug der Monteur entgegenkommend vor.

"Das ist schon in Ordnung. Es hilft mir sehr, wenn ich wenigstens einen fahrbaren Untersatz habe. Ich werde sicher mit dem Wagen klarkommen." Holger war erleichtert.

Nach Düsseldorf konnte er im Augenblick sowieso nicht zurückfahren. Er würde bestimmt noch einige Tage benötigen, um herauszufinden, ob es sich bei dem plötzlichen Tod von Ubbo Uphoff tatsächlich um einen Unfall gehandelt hatte. Mit dem Leihwagen war er wenigstens beweglich genug, den Kontakt zu dessen Witwe problemlos aufrecht zu erhalten.

3. Die Wirtin

Holger stieg in den staubigen roten Opel und hatte fast das Gefühl, gleich auf der Straße zu sitzen. Die ausgeleierten Stoßdämpfer gingen bis zum Anschlag in die Knie. Der Motor gab ein rasselndes Geräusch von sich, bevor er knatternd ansprang. Dann fuhr der abgenutzte Wagen aber ganz passabel. Er hatte nur leichte Macken bei der Anzeige einzelner Funktionen auf dem verschmutzten Armaturenbrett. Damit konnte Holger fürs Wochenende einigermaßen leben. Ziemlich genervt fuhr er durch den stockenden Feierabendverkehr zu seiner billigen Pension am Rande des Stadtkerns.

Die Vermieterin lag neugierig gaffend im geöffneten Fenster, als er mit dem fremden Wagen einparkte. Sie war eine Zweizentnerfrau mit grellrot geschminkten Lippen und einer verrutschten Kunsthaarperücke, unter der ständig einige gräuliche Haarsträhnen hervor lugten. Daneben besaß sie ein recht gutmütiges Herz und, wie Holger Jaspers es einschätzte, keinen zu scharfen Verstand. Beides war für ihn sehr günstig. Er hatte sich ihr gegenüber als freischaffender Fotograf ausgegeben, damit sie keinen Verdacht wegen der Fotoausrüstung schöpfte. Die Schwarzweiß-Entwicklungen machte er nachts selbst, darin hatte er schon jahrelange Routine. Alle Utensilien, die er dazu benötigte, führte er ständig im Wagen mit sich.

Die voluminöse Frau Jansen passte ihn an der Eingangstür ab. Sie war begierig, zu erfahren, was es mit dem Auto auf sich hatte. Bereitwillig erzählte er ihr in aller Ausführlichkeit, was sie von seinem Auffahrunfall wissen durfte. Zum Dank für seine Offenheit, lud sie ihn anschließend zu einer großen Portion Bratkartoffeln mit Eiern und Schinken ein. Er saß entspannt in ihrem gemütlichen Esszimmer, was von einem wechselvollen Leben der Alten berichten konnte, und ließ es sich schmecken.

Die Möbel wirkten wie aus den verschiedensten Epochen zusammengewürfelt, wenige alte Stücke, darunter eine antike Aussteuertruhe und ein samtgepolsterter Armstuhl mit geschnitzten Löwenköpfen, waren im Laufe von Jahrzehnten immer wieder mit neuerworbenen Gegenständen ergänzt worden. Das meiste hatte keinen besonderen Wert und passte auch nicht gerade hervorragend zueinander, aber dieses Zimmer besaß Wärme und Lebendigkeit.

Die Wände und sämtliche Flächen, die Gegenstände aufzunehmen vermochten, waren zugepackt mit Bildern, bunten Postkarten aus aller Welt, geschmacklosen Reiseandenken und auch einigen wirklichen Kostbarkeiten, die zwischen dem wertlosen Kram kaum zur Geltung kamen. Holger waren die echte Ikone und zwei zierliche Vasen aus feinstem Chinaporzellan gleich am ersten Tag aufgefallen.

Er beging den Fehler die Wirtin während des Frühstücks interessiert nach der Herkunft dieser unterschiedlichen Gegenstände zu fragen. Die einsame alte Frau hatte ihm daraufhin beinahe ihre gesamte Lebensgeschichte erzählt. Aus Höflichkeit hörte er eine Weile aufmerksam zu, als sie ihr schillerndes Schicksal mit den drei Ehemännern, die allesamt zur See fuhren, vor ihm auszubreiten begann. Doch dann hatte er sich schnellstens aus dem Staub gemacht und vermied es seither peinlichst, ihr irgendeine Frage zu stellen.

Kochen konnte Frau Jansen ausgezeichnet, denn sie aß selbst sehr gern, wie an ihrer Rubensfigur unschwer abzulesen war. Zwar lebte Holger eigentlich seit Jahren vegetarisch, aber der Beruf brachte es mit sich, dass er häufig in billigen Pensionen oder Hotels abstieg, wo man nicht wählerisch sein durfte.

Seine häuslichen Ernährungsgewohnheiten verdankte er Saskia. Sie war weder eine begeisterte noch eine gute Köchin, deshalb beschränkte sich der Speisezettel meistens auf Rohkost. Außerdem glaubte sie ständig auf ihre Figur achten zu müssen und dachte sich deshalb, zwischen den unvermeidbaren kalorienträchtigen Geschäftsessen, die perversesten Diäten aus.

Holger hatte es inzwischen aufgegeben, ihr klarzumachen, dass eine ein Meter und achtzig große Frau mit kräftigem Knochenbau unmöglich in Kleidergröße Sechsunddreißig passen konnte. Er mochte sie zwar auch als mageres Rippengestell, aber etwas mehr weibliche Weichheit wäre, vor allem im Bett, eine recht angenehme Zugabe gewesen.

In seinen Träumen sah er Saskia immer noch als die etwas pummelige bebrillte Berufsanfängerin, der er mehrere Versicherungen aufgeschwatzt hatte, die absolut keiner brauchte. Der berufliche Erfolg hatte sie sehr verändert.

Es gab Männer, die ihn um diese attraktive stets nach dem neuesten Schick gekleidete Lebensgefährtin beneideten. Und Holger freute sich ehrlich an dem strahlenden Licht ihres Erfolges, das gelegentlich einige zarte wärmende Strahlen auf ihn warf. Auch bevor er sie kannte, war er immer der Meinung gewesen, dass eine erfolgreiche Partnerin keine Schande sei. Gerne fügte er sich in die für ihn meistens sehr bequeme Rolle als ihr Liebhaber, Buchhalter und absoluter Vertrauter.

Leider waren da auch die Tage, an denen er als Prellbock ihrer Launen und Fußabtreter für ihren Frust dienen musste. Sie versauerten ihm das Leben derartig, dass er manchmal an der Richtigkeit seiner Partnerwahl zweifelte. Er hasste es, wenn Saskia laut keifend aus dem Bad kam, weil sie ein paar Gramm zugenommen hatte. In solchen Momenten hätte er wirklich alles für die Fähigkeit gegeben, eine Waage unauffällig manipulieren zu können.

Regelmäßig folgten dann ein oder zwei Wochen, in denen seine Lebensgefährtin an akuter Bulimie litt und dadurch einfach unausstehlich launenhaft war. Wenn Holger ihre Fress- und Brechanfälle nicht mehr aushielt, stürzte er sich meistens in irgendeinen Auftrag. Dabei war ihm völlig egal, ob der Erfolg versprach. Er musste ihm nur die Möglichkeit bieten, für einige Zeit von zu Hause wegzukommen. Eine dieser Situationen war auch seiner Fahrt nach Aurich vorausgegangen.

Die Versicherung hegte keine große Hoffnung mehr, in dem vorliegenden Fall, einen Selbstmord oder gar Mord nachweisen zu können. Die Polizei hatte ihre intensiven Ermittlungen längst beendet. Der Tod des arbeitslosen Maurerpoliers, Ubbo Uphoff, wurde offiziell als Unfall deklariert. Auch die örtlichen Vertreter des Unternehmens waren bei ihren Befragungen nicht auf verdächtige Widersprüche gestoßen. In den nächsten Tagen musste zwangsläufig die gesamte Versicherungssumme von einer Million Euro an die Witwe ausgezahlt werden.

Holger war bei den Versicherungsgesellschaften bekannt dafür, dass er auch vor nahezu hoffnungslosen Fällen nicht zurückschreckte. Seine Erfolgsquote war dabei beachtlich — das Erfolgshonorar meistens auch! Es handelte sich schließlich um sehr hohe Versicherungssummen, die im günstigsten Fall, dank seiner Recherchen, nicht zur Auszahlung gebracht werden mussten.

Manchmal kam es vor, dass Versicherungsbegünstigte einen Unfall vortäuschten, um die doppelte Summe der Lebensversicherung zu kassieren, obwohl ein natürlicher Tod vorlag. In einigen Fällen war der „Unfall" des Versicherten sogar bewusst provoziert worden, was man als Mord einstufen musste. Der Mörder erhielt dann statt des warmen Geldregens ein ebensolches Plätzchen hinter Gittern. Das kostete die Versicherung keinen Cent. Sie zeigte sich anschließend Holger gegenüber immer angemessen erkenntlich.

Häufiger hatte er es jedoch mit der Vortäuschung von Straftaten zu tun. Zweifelhafte Geschäftsleute suchten hierin gelegentlich eine Möglichkeit, sich mittels eines stattlichen Sümmchens finanziell zu sanieren. Sie schlossen überhöhte Versicherungen für gelagerte oder zu transportierende Waren ab, die anschließend als gestohlen gemeldet wurden. Der Diebstahl fand in Wirklichkeit natürlich nie statt, weil die versicherten Gegenstände entweder überhaupt nicht existierten oder von den Besitzern eigenhändig beiseite geschafft wurden.

Holger lernte, seit er sich überwiegend mit Versicherungsbetrug im großen Stil beschäftigte, viele sehr intelligente und gewissenlose Betrüger kennen. Aber alle, bei denen er anfangs auch nur auf die Spur eines Verdachtes stieß, hatte er durch seine fleißige Hartnäckigkeit früher oder später zur Strecke gebracht.

Da er ausschließlich auf Provisionsbasis arbeitete, versuchte er seine Spesen immer sehr gering zu halten. Ohne eine gewisse Sparsamkeit wären ihm unter dem Strich meist nur Peanuts geblieben. Begaben sich die Beschatteten ins Ausland oder hatten dort wichtige Verbindungsleute, kamen schnell große Beträge für Reisekosten und Hotelaufenthalte zusammen. Zum Ausgleich gab es jedoch auch hin und wieder unproblematische Fälle ohne überhöhte Spesenrechnungen.

Holger hatte beruflich schon fast die ganze Welt kennen gelernt, aber in Aurich war er bisher nie gewesen. Deshalb machte er sich noch am selben Abend auf die Suche nach einem geeigneten Restaurant in der Innenstadt für das Abendessen mit Jennifer Uphoff.

Es war ein schöner warmer Juliabend und die ostfriesische Kleinstadt wimmelte noch von Leben. Auf dem großen gepflasterten Marktplatz hatten sich einige Straßenmusikanten aus verschiedenen Herkunftsländern eingefunden. Schnarrende Klänge eines schottischen Dudelsa-

ckes vermischten sich mit den klagenden herz-
zerreißenden Tönen einer Pan-Flöte, die von
einem dunkelhäutigen Mann mit buntem Poncho
einfühlsam geblasen wurde. Aus einer anderen
Richtung drängte sich eine leiernde Drehorgel
mit alten ewig lebenden Volksliedern an Holgers
Ohr. Ein greisenhafter Geiger in schmuddeligem
Frack und Zylinder saß auf einem mitgebrachten
Klappstuhl und quälte sein Instrument nach allen
Regeln der Kunst. Sein zu diesem Zweck offen
aufgestellter abgenutzter Geigenkasten hatte
sich schon mit einigen Münzen gefüllt.

Holger schlenderte entspannt durch das bunte
Gewimmel von Einheimischen und Touristen
vorbei an einem modernen Turm aus Stahl, der
den Marktplatz zu bewachen schien. Er begut-
achtete die Restaurants und Kneipen, an denen
er vorbeikam aufmerksam von außen. Vor vielen
Türen standen Tische und Stühle, damit die Gäste in der warmen Jahreszeit auch draußen sitzen
konnten. Im allgemeinen waren die Lokalitäten
recht gut besucht.

Was war das passende Umfeld für Jennifer
Uphoff? Er sah die Frau vor sich. Ein teures Fein-
schmeckerrestaurant war sicher nicht das Richtige. Da wäre sie viel zu nervös. Mit ausgefallenen
ausländischen Spezialitäten musste er ebenso

42

vorsichtig sein. Nach seiner Einschätzung stand sie nicht auf kulinarische Experimente. Endlich entdeckte er ein gemütliches Lokal mit einer ganz passablen einheimischen Speisekarte. Es war nicht gerade überfüllt, aber das kam seinen Vorstellungen sehr gut entgegen. Schließlich wollte er das Abendessen hauptsächlich dazu benutzen, der jungen Witwe unauffällig auf den Zahn zu fühlen. Dazu benötigte er eine weitgehend ungestörte entspannte Atmosphäre.

Um sich mit den Örtlichkeiten genau vertraut zu machen, betrat er die Gaststube durch die schwere Eichentür mit den kleinen gewölbten Glasscheiben. Drinnen spielte dezente Musik. Alles wirkte sauber und gemütlich. Die rustikalen Esstische waren mit frischen Tischtüchern bedeckt, außerdem jeweils mit einem kleinen Blumenstrauß und einer Kerze liebevoll dekoriert. Er setzte sich an einen der freien Tische, registrierte, dass die Stühle bequem gepolstert waren und bestellte ein Viertel Rotwein.

Die Bedienung brachte das Gewünschte umgehend. Zwar war der Wein nicht von hervorragender Qualität, aber er hatte wenigstens die richtige Temperatur. Während Holger daran nippte, sah er sich unauffällig um. Der große hohe Raum war geschickt durch einige Stellwände mit Pflanzen unterteilt worden. Die Decke hatte man mittels einer einfachen Hängekonstruktion aus lasierten Holzlatten optisch heruntergeholt. Ihm gefiel diese Idee. Sie war äußerst preiswert und wirkungsvoll.

Er dachte unwillkürlich an Saskia, die bei ihren Altbausanierungen stets auf außerordentlich aufwendige und entsprechend teure Lösungen setzte, um den ungemütlichen hohen Räumen eine angemessene Wohnqualität abzugewinnen.

Die wenigen anwesenden Gäste unterhielten sich entweder angeregt oder waren mit ihrem Essen beschäftigt. Keiner schien ihn zu beachten. Auf der Tageskarte wurde ein Menü mit verschiedenen Fischsorten angepriesen. Nach seinen Beobachtungen schienen die Portionen reichhaltig und schmackhaft zu sein. Er bedauerte sehr, so viel von den Bratkartoffeln seiner Wirtin gegessen zu haben, denn Fisch mochte er für sein Leben gern.

Als Holger den Rotwein geleert hatte, war er sich völlig sicher, dass er kein passenderes Lokal für seine Verabredung am Samstagabend finden konnte. Zufrieden mit sich und der Welt, zahlte er seine Zeche, gab ein großzügiges Trinkgeld und ließ vorsichtshalber einen bestimmten Tisch für zwei Personen reservieren. Dann bummelte er, leise vor sich hin pfeifend, den Weg zurück zu seiner Pension.

4. Ärger mit Saskia

Überaus vorsichtig schloss er die Haustür auf, um einem Zusammentreffen mit der schwatzhaften Vermieterin möglichst zu entgehen. Aber die hatte schon seit einiger Zeit mit offener Stubentür lauernd seine Rückkehr erwartet. Obwohl der Fernseher auf doppelter Zimmerlautstärke lief, nahm sie das leise Knarren der Tür augenblicklich wahr. Äußerst behände verstellte sie Holger den Weg. Er war über die Beweglichkeit dieses weiblichen Kolosses so erstaunt, dass ihm die Begrüßung im Halse feststeckte.

"Da sind Sie ja endlich, Herr Jaspers!" Das klang vorwurfsvoll. "Eine Frau Burg hat für Sie angerufen. Sie sollen sehr dringend zurückrufen, möglichst noch heute Abend!" Vor Neugierde beinahe platzend sah sie ihn aus wässrigen Augen fragend an.

Zu gern hätte sie erfahren, wer die Frau war, die so aufgeregt nach ihrem interessanten Mieter gefragt hatte und was sie Wichtiges von ihm wollte, das nicht Zeit hatte bis zum nächsten Morgen.

Aber Holger spielte zu ihrer großen Enttäuschung diesmal nicht das Auskunftsbüro. Ihn nervte, dass Saskia hinter ihm her telefonierte, und er wollte nur noch seine Ruhe haben. Für absolute Notfälle hatte er ihr selbstverständlich seine Adresse hinterlassen, so wie es zwischen ihnen üblich war. Gewöhnlich meldete er sich auch zu Hause, um kurz nach Saskias Befinden zu fragen und ihr zu bestätigen, dass er sie trotz allem noch liebte. Erst jetzt fiel ihm auf, dass er diesen Pflichtanruf völlig vergessen hatte.

"Ach ja, vielen Dank, Frau Jansen. Ich muss die Dame unbedingt noch anrufen. Darf ich das Telefon benutzen?" Holger gab sich korrekt und unnahbar. Er wollte die vertrauensselige Alte unbedingt etwas auf Abstand bringen, sonst schnüffelte sie wohlmöglich noch in seinem Privatleben herum.

"Ja, telefonieren Sie nur. Die Einheit kostet bei mir aber dreißig Cent und Sie müssen es gleich bezahlen", brummte die Wirtin sehr mürrisch und wälzte sich zurück vor ihren Fernseher.

Holger schloss die Tür hinter ihr, um in Ruhe telefonieren zu können. Der Apparat stand im Hausflur. Er musste also aufpassen, was er sagte, weil die Jansen Ohren wie ein Luchs zu haben schien.

Saskia hatte den Anrufbeantworter eingeschaltet.

"Hallo, Saskia Liebling, ich bin es! Nimm bitte ab, ich kann nicht lange sprechen!", flehte Holger seine Freundin nach dem Piepton an. Und wirklich er hörte ein Klicken in der Leitung und dann Saskias aufgebrachte Stimme: "Dass du es überhaupt noch wagst, dich zu melden! Ich bin fast verrückt geworden vor Sorge! Schließlich sind deine Aufträge meistens nicht ungefährlich ..." Sie redete völlig hysterisch auf ihn ein.

Er hielt den Telefonhörer dreißig Zentimeter von seinem Ohr entfernt und wartete geduldig, bis sie Luft schnappen musste.

"Ja, Liebling, du hast völlig recht. Aber du brauchst dir wirklich meinetwegen keine Sorgen zu machen. Es geht diesmal lediglich um eine Frau, die ihren Mann auf dem Gewissen haben soll", flüsterte er beschwichtigend. "Sie sieht nicht gerade so aus, als könnte sie mir irgendwie gefährlich werden. Nur die Recherchen ziehen sich furchtbar in die Länge. Und einen blöden

48

Autounfall habe ich auch noch gehabt. Ich weiß wirklich nicht, wo mir im Moment der Kopf steht!"

"Autounfall!", kreischte Saskia am anderen Ende. "Bist du etwa verletzt, Schnucki?" Er hasste nichts mehr, als wenn sie ihn Schnucki nannte.

"Ach, reg dich doch nicht so auf! Es ist alles mit mir in Ordnung. Aber die Reparatur des Wagens kann sich noch etwas hinziehen. Ich befinde mich hier schließlich am Arsch der Welt."

"Dann kommst du also vorerst nicht nach Hause? Ich vermisse dich doch so!", schnurrte sie nun wie ausgewechselt.

"Ich liebe dich auch über alles, mein Schatz, aber ich muss jetzt wirklich Schluss machen. Und rufe mich bitte hier nicht mehr an. Die Vermieterin spioniert mir schon nach. Du weißt das ist nicht gut in meinem Job! Küsschen! Ich melde mich wieder", versuchte Holger das Gespräch zu beenden.

"Bist du mir böse? Du erscheinst mir sehr kurz angebunden. Ist die Vermieterin vielleicht jung und hübsch, Schnucki?"

Jetzt reichte es ihm wirklich! Er musste sich sehr beherrschen, nicht laut zu werden: "Was redest du dir bloß wieder ein, Saskia? Meine Wirtin ist über Siebzig und wiegt bestimmt zwei Zentner, außerdem hat sie kaum noch ein eigenes Haar auf dem Kopf!"

Das saß.

"Es tut mir leid, Holger! Ich bin manchmal unausstehlich. Aber ich verspreche, mich zu bessern. Komm bitte so schnell wie möglich nach Hause. Ich brauche dich wirklich, Liebster!" Saskias Stimme war nur noch ein jämmerliches Flehen. Holger kannte diese Tour zu genau um sich dadurch beeindrucken zu lassen.

"Dann bis bald, Liebling", sagte er nur.

"Ja, ich freue mich schon auf dich! Küsschen!", war ihre gehauchte Antwort.

Kaum hatte Holger den Hörer aufgelegt, da stand Frau Jansen auch schon im Türrahmen, um die Telefongebühren zu kassieren. Er rundete den Betrag großzügig auf und brachte ihr fettes Gesicht dadurch zum Strahlen.

"Haben Sie vielleicht noch irgendeinen Wunsch, Herr Jaspers?", fragte sie zuckersüß.

"Nein, danke der freundlichen Nachfrage. Ich sehne mich nur noch nach meinem Bett." Holger begann unverzüglich die Treppe zum Obergeschoss hinaufzusteigen.

"Ja, dann — gute Nacht, der Herr!", schnarrte die Alte enttäuscht und stemmte die prallen Leberwurstarme in ihre Hüften, während sie ihm nachsah.

"Vielen Dank, die werde ich nötig haben. Ich wünsche Ihnen auch schöne Träume." Er drehte sich auf der Treppe zu ihr um und schenkte ihr zur Versöhnung ein strahlendes Lächeln. Womit er vor allem bezweckte, dass sie das Frühstück am nächsten Morgen wieder mit viel Liebe für ihn zubereitete.

5. Abendessen mit Jennie

Den nächsten Tag verwendete Holger zum Relaxen. Die ostfriesische Nordseeküste war maximal eine halbe Autostunde von ihm entfernt und lockte mit zahlreichen Angeboten zum Amüsieren und Entspannen. Er fuhr in ein modernes großes Spaßbad nach Bensersiel und erstand eine kombinierte Saunakarte. Bei strahlendem Sommerwetter hatte es an diesem Samstagvormittag nur wenige Besucher hierher gezogen.

Die Anlage war durch künstliche Pflanzen und Tiere übertrieben auf Südsee getrimmt, hatte aber einiges zu bieten. Er konnte zwischen finnischer Sauna und Dampfsauna wählen, natürlich mit den dazu gehörenden Abkühlungsmöglichkeiten und Ruheräumen. Zusätzlich standen Whirlpools, Soleheilbäder und ein normaler Swimmingpool mit zwei Wasserrutschen zur Verfügung. Die Snackbar war geschickt in die Wasserlandschaft integriert und nicht zu teuer. Für die Gesundheit wurden unter anderem Schlammpackungen und Massagen angeboten.

Als erfahrener Detektiv wusste Holger, dass er nicht mehr unerkannt in der Nähe seiner Zielperson auftauchen konnte, also stand ihm fast der ganze Tag zur freien Verfügung. Es gab nichts Besseres zu tun, als sich vollkommen zu entspannen und den Abend abzuwarten.

Innerlich fit, erwartungsvoll wie ein Sprinter vor dem Start und sommerlich korrekt gekleidet, stand Holger pünktlich um Acht vor Jennies Tür.

Sie kam heraus, noch bevor er geklingelt hatte. Ihr ungewohntes Outfit versetzte ihn für einen Moment in totales Erstaunen. Bisher kannte er die junge dreifache Mutter nur mit ordentlich zusammengebundenem langem Haar. Sie trug immer, wenn er sie beobachtete, eine hellblaue Jeans in Karottenform mit hinein gestecktem Shirt, einen schlichten braunen Ledergürtel und einfache flache Sandalen. So hatte sie ziemlich klein und unscheinbar gewirkt und ihre wohlproportionierte Figur war ihm überhaupt nicht aufgefallen.

Da stand plötzlich eine völlig andere Frau vor ihm. In ihrem glänzenden offenen Haar verfingen sich golden die milden Strahlen der Abendsonne. Ein grell orangenes kurzes Seidentop brachte ihren wohlgeformten straffen Busen toll zur Geltung und ließ ein Stück der schmalen Taille hervor blitzen. Der schwarze kurze Stretchmini formte einen niedlichen runden Po und zeigte so viel von den schlanken nackten Beinen, dass es Holger fast schwindlig wurde. Ihre beängstigend hochhackigen Schuhe umschlossen mit schwarz glänzenden schmalen Lackriemchen die zarten Füße.

"Guten Abend, Frau Uphoff. Ich hätte Sie fast nicht erkannt. Sie sehen einfach umwerfend aus!", stellte Holger begeistert fest, nachdem er sich gefangen hatte.

"Hallo, Herr Jaspers. Bin ich froh, dass Ihnen die Sachen gefallen. Ich hab sie heut erst gekauft. Eine Verkäuferin hat mich dabei beraten. Aber ich bin mir nicht sicher ..."

Jennie konnte nicht gut mit Komplimenten umgehen, deshalb verhaspelte sie sich in Erklärungen über ihre neuen Kleidungsstücke, während Holger ihr galant die Beifahrertür aufhielt.

"Hoffentlich machen Sie sich in dem Wagen nicht schmutzig, Frau Uphoff. Es ist der älteste Leihwagen, den die Werkstatt gerade auftreiben konnte. Na, wenn Sie mit diesem Outfit da aufgetaucht wären, hätte der Monteur bestimmt mehr Herz gezeigt", sagte er entschuldigend lächelnd.
54

"Ach, das liegt nur daran, dass Sie fremd hier sind. Mit Auswärtigen gehen die Ostfriesen anders um. Das hab ich früher selbst gemerkt, als wir noch bei meiner Schwiegermutter auf der Insel wohnten." Jennie versuchte krampfhaft ihre Beine sittsam zu platzieren. Aber mit diesem Rock wollte es ihr nicht gelingen. Egal wie sie es anstellte, es wirkte immer so, als beabsichtige sie, dass jemand die Hand auf ihr Knie lege. Ihr attraktiver Begleiter war glücklicherweise nur damit beschäftigt, den alten Wagen wieder in Gang zu bekommen und zeigte keinerlei Interesse am Austausch von Zärtlichkeiten.

Endlich sprang der laut rasselnde Motor an, während Holger schwitzend schon das dritte Stoßgebet gen Himmel sandte. Als er zufällig einen erleichterten Blick auf seine Beifahrerin warf, wurde ihm jedoch noch heißer.

Wo hatte sich die ganze Zeit über dieses verführerische Wesen versteckt? Er konnte sich kaum auf den Straßenverkehr konzentrieren, so sehr verwirrten ihn der Anblick ihrer schönen Beine und die deutlichen Konturen ihrer nackten festen Brüste unter dem zarten Stoff.

Jennie fühlte, dass er Feuer gefangen hatte. Sie mochte vielleicht nicht besonders klug sein, aber ihre weiblichen Reize zu ihrem Vorteil einzusetzen, hatte lange Zeit zu ihrem Überlebenstraining gehört. Sie glaubte einfach jedem Mann anzumerken, wie sie auf ihn wirkte. Nur waren Holger Jaspers Reaktionen für sie ungewohnt. Ubbo hätte bei dieser Anmache entweder sofort zugegriffen, ohne sich mit langen Vorreden aufzuhalten oder ihr, falls er schlechter Laune gewesen wäre, eine Ohrfeige verpasst und sie als Nutte beschimpft.

Holger hingegen versuchte sich irgendwie abzulenken. Ein funktionierendes Autoradio stand ihm leider nicht zur Verfügung, also begann er etwas schräge zu pfeifen. Seine Lippen waren aber so trocken, dass er es bald wieder aufgab.

"Ich habe eine nettes Lokal in der Innenstadt entdeckt und dort gestern gleich einen Tisch für uns bestellt. Hoffentlich wird es Ihnen gefallen, Frau Uphoff."

"Sagen Sie doch einfach Jennie. Frau Uphoff klingt so steif. Ich fühl mich jetzt einfach nicht nach Frau Uphoff!" Jennie war in diesem Moment ganz Weib. Ihre Unsicherheit dem gebildeten Herrn gegenüber war wie weggeblasen. Sie hatte die unmissverständlichen Signale empfangen, dass er auch nur ein Mann war. Ihr Schiff fuhr in sicherem Fahrwasser.

"Ja, gerne! Jennie passt gut zu Ihnen. Ich heiße übrigens Holger." Er lächelte sie etwas dümmlich an, während sein Verstand vergeblich lautstark Alarm klingelte.

Das wusste doch jeder Anfänger, dass ein Detektiv zu den verdächtigen Personen keinen freundschaftlichen Kontakt aufnehmen durfte! In dieser Angelegenheit schoss er nun schon das zweite unverzeihliche Eigentor. Wahrscheinlich wurde er langsam doch zu alt für seinen Job. Vielleicht sollte er sich künftig mit den Brosamen von Saskias Tisch zufrieden geben und seine Sherlock-Holmes-Kappe lieber in die Kleidersammlung geben.

Er parkte den Wagen in der öffentlichen Tiefgarage unter dem Marktplatz. Jennie hakte sich wie selbstverständlich bei ihm unter. So machten sie sich Seite an Seite auf den Weg zu dem ausgewählten Restaurant. Die junge Frau war ziemlich schweigsam, obwohl sie durchaus zufrieden aussah. Es gehörte nicht zu ihren Gewohnheiten ununterbrochen zu plaudern. Die nonverbale Kommunikation war schon eher ihre Stärke.

Der Detektiv wurde von Gewissensbissen geplagt und zugleich von dem Rhythmus ihrer wiegenden Hüften und wippenden Brüste ständig aus seinen Gedanken gerissen. So passend ihm das Lokal gestern noch erschienen war, so wenig wollte es heute mit Jennies Erscheinungsbild harmonieren. Dieses blutjunge hübsche Ding hätte er besser in einen Grillimbiss auf einen Hamburger eingeladen und anschließend bei einer Disco abgesetzt. Er fühlte sich plötzlich wie verwittertes Urgestein.

Aber Jennie nahm keinerlei Anstoß an seiner Wahl, im Gegenteil, sie war geschmeichelt, von Holger Jaspers wie eine wirkliche Dame behandelt zu werden. Erwartungsvoll saß sie ihm gegenüber und lächelte dankbar wie ein Kind, dass zu einer Riesenportion Eis eingeladen wurde.

Sie bestellte sich ein Wiener Schnitzel mit Pommes frites und Salat. Dazu wollte sie eigentlich Cola trinken, aber Holger konnte sie dann doch zu einem Glas Wein überreden. Schließlich hatte er seinen Plan noch immer nicht aufgegeben, sie ein wenig auszuhorchen und Wein würde ihre Zunge wahrscheinlich eher lösen. Sie einigten sich auf Weißwein, weil der besser zu Holgers gemischter Fischplatte mit Petersilienkartöffelchen passte. Er bestellte gleich eine ganze Flasche.

Während Holger sehr geschickt mit dem Fischbesteck hantierte, quälte Jennie das Schnitzel mit Messer und Gabel. Ihre Tischmanieren waren nicht gerade hervorragend. Und bei einem von Saskias üblichen Geschäftsessen wäre sie sicher unangenehm aufgefallen. Hier kümmerte sich jedoch niemand um das ungleiche Paar, das zu Holgers Leidwesen beinahe wie Vater und Tochter wirkte. Der Detektiv beschloss spontan, es mit Humor zu nehmen.

Das Essen ging ohne große Konversation über die Bühne. Danach bestellte er für Jennie rote Grütze mit Vanillesoße. Sie hatte merklich Mühe den leckeren Nachtisch noch zu schaffen. Holger beobachtete amüsiert, wie sie Löffelchen für Löffelchen genüsslich in sich hineinzwängte. Nur nichts von dem guten Essen verkommen lassen!

"Prost, Jennie, auf Ihr Wohl!" Er musste sie ein wenig zum Trinken animieren. Wein war nicht ihr bevorzugtes Getränk. Sie legte den Löffel ab und griff vorsichtig nach dem vollen Glas.

"Ja, dann Prosit! Sie verwöhnen mich viel zu sehr!" Jennies Augen strahlten zufrieden und ihre Wangen waren auf sehr anziehende Art gerötet. Nun hielt Holger die Zeit für gekommen, unauffällig mit seinem kleinen Verhör zu beginnen.

"Sie sehen so erfrischend jung aus, dass man Ihnen die drei Kinder gar nicht zutraut. Die Mädchen sind doch Ihre leiblichen Töchter?" Er steuerte ohne Umschweife auf sein Ziel zu, denn schließlich sollte es an diesem Abend nicht nur bei den Spesen bleiben.

Jennie wirkte für einen Moment irritiert. Er wollte sich also mit ihr unterhalten. Darin hatte sie wenig Übung und auch Angst sich falsch auszudrücken. Er sprach so schrecklich geschliffen. Fast kam es ihr vor, als sei er aus einem ihrer Arztromane entstiegen. Ja, wenn sie ihn richtig betrachtete, würde ihm so ein weißer Kittel recht gut zu Gesicht stehen. Die Vertrauen erweckende Ausstrahlung besaß er ohne Weiteres.

"Doch, es sind alles meine eigenen. Ich hab eben sehr früh angefangen", sagte sie stockend und nahm aus Verlegenheit noch einen Schluck Wein. Je mehr sie davon trank, umso besser schmeckte das Zeug. Eigentlich machte sie sich nichts aus Alkohol. Im Gegenteil, sie verabscheute den Geruch sogar, weil er sie an Ubbos Laster erinnerte.

In der letzten Zeit vor seinem Tod war er nur noch selten nüchtern gewesen.

Holger musste feststellen, dass Jennie nicht leicht auszuhorchen war. Sie antwortete sehr einsilbig auf seine Fragen und saß dann wieder stumm da. Nur ganz allmählich gewann sie mehr Selbstvertrauen, und wurde etwas gesprächiger. So erfuhr der Detektiv, dass sie ihren verstorbenen Mann mit knapp sechzehn Jahren in Hannover kennen gelernt hatte. Er war über zwanzig Jahre älter als sie gewesen und hatte ihr anfangs ziemlich imponiert.

6. Ubbo Uphoff

"Ich musste mit meiner Freundin Ellen immer an einer großen Baustelle vorbei. Das war auf dem Weg zur Schule. Die Bauarbeiter pfiffen hinter uns her. Das gefiel uns irgendwie. Wir kamen uns richtig erwachsen vor. Manchmal schminkten wir uns heimlich. Oder wir zogen uns extra auffällige Sachen an, um die anzumachen." Jennie erzählte, endlich in Fahrt gebracht, plötzlich munter von ihrer Jugendzeit in Hannover. Während sie auf eine direkte naive Art berichtete, erschien es ihr, als stände sie leibhaftig in dem längst vergangenen Geschehen und durchlebe die einzelnen Situationen noch einmal.

Als ihr kleines Spielchen mit den Bauarbeitern schon so weit gediehen ist, dass die ihre Vornamen kennen und sich den Stundenplan der Mädchen genau eingeprägt haben, um sie nicht zu verpassen, wird Ellen plötzlich krank. Nun muss Jennie den Schulweg allein bewältigen.

Die sonst so erregenden Meter am Bauzaun vorbei, begleitet vom lauten Gejohle der geifernden Männer, verwandeln sich für sie schnell zum gefürchteten Spießrutenlauf. Obwohl sie sich jetzt nur noch sittsam kleidet und ihr langes Haar in einem braven Zopf zusammengeflochten trägt, werden die aufgegeilten Kerle ständig dreister. Eines Morgens verstellt ihr ein vierschrötiger ungepflegter Bursche den Weg. Er fasst sie rüde am Arm und macht ihr ein ekelhaft eindeutiges Angebot, so dass sie aus Angst laut zu schreien beginnt.

Das ruft Ubbo Uphoff auf den Plan. Er ist der Vorarbeiter und achtet darauf, dass seine Männer spuren. Ein bisschen Spaß muss er ihnen gönnen, aber was er dort sieht, geht entschieden zu weit und kann Ärger bedeuten. Mit schnellem Schritt ist er an Ort und Stelle, um den Mann barsch wieder an seine Arbeit zu schicken. Jennie steht nur da und zittert ängstlich.

"Muss schon entschuldigen, Lütje, die Männer sind manchmal ein bisschen zu wild. Sie tun dir aber nichts, ich sorg schon dafür", redet Ubbo beschwichtigend auf sie ein. Er gefällt ihr ganz gut, so groß, stark und überlegen, wie er plötzlich vor dem Bauzaun steht, als Retter in der Not. Sie versucht ein verkrampftes dankbares Lächeln und huscht dann schnell an ihm vorbei zur Schule.

Von diesem Tag an baut sich Ubbo jedes Mal wachsam am Zaun auf, wenn Jennie vorbeigeht. Die Kerle lassen sie jetzt in Ruhe, und sie kann ohne Ängste die Baustelle passieren. Anfangs grüßt sie Ubbo nur scheu. Doch nach und nach entsteht zwischen ihnen eine Art freundschaftlicher Beziehung.

Immer länger bleibt Jennie auf dem Nachhauseweg am Bauzaun stehen, um mit Ubbo zu sprechen. Sie erzählt ihm vom Ärger in der Schule oder von ihren Problemen zu Hause, wenn ihre drei Brüder sie mal wieder furchtbar nerven.

Vater und Mutter arbeiten den ganzen Tag und haben deshalb nie Zeit ihr zuzuhören. Sie soll möglichst neben ihrer Schule auch noch den ganzen Haushalt schmeißen und auf die beiden Kleinen aufpassen, während ihr älterer Bruder ständig herum kommandiert. Er tut im Haushalt keinen Handschlag, schreibt ihr aber vor, mit wem sie sich verabreden darf und wann sie nach Hause kommen muss. Manchmal würde sie am liebsten fortlaufen, so weit wie möglich.

Ubbo macht nicht viele Worte. Er gibt ihr auch keine klugen Ratschläge. Er steht einfach nur da und hört zu. Ein erwachsener Mann, der sich Zeit nimmt für ihre Probleme und sie nicht bevormundet. Das imponiert Jennie mächtig. Als er sie nach einer Woche fragt, ob sie Lust habe, am folgenden Sonntagnachmittag mit ihm zum Maschsee zum Schwimmen zu fahren, hat sie keinerlei Bedenken. Ohne zu zögern verabredet sie sich mit ihm.

Die Schwierigkeit, ihren großen Bruder auszutricksen, meistert sie mit Bravour. Nachdem er ihr bereits zweimal eine Verabredung mit Jungen durchkreuzt hat, indem er sie in ihr Zimmer einschloss, ist sie diesmal nicht so dumm, ihm die Wahrheit zu erzählen. Während er vor dem Fernseher sitzt, packt sie blitzschnell ihre Sachen zusammen und schleicht sich wortlos davon. Sie weiß zwar, dass es abends großen Ärger geben wird, aber das ist ihr der Ausflug wert.

Ubbo wartet schon bei seinem Auto vor der Baustelle, als sie völlig außer Atem angerannt kommt.

"Min Lütje, nun mach mal halblang! Du rennst ja, als wär de Düwel hinner di her", sagt er breit grinsend. Jennie findet ihn noch netter als sonst, weil er nicht seine dreckigen Arbeitshosen und den blöden Schutzhelm trägt.

"Fahr schnell los, sonst erwischt mich mein Bruder noch!", fleht sie ihn an, während sie flink in den Wagen hüpft.

Und wie er losfährt! Mit quietschenden Reifen setzt sich der Wagen in Bewegung und rast nur so durch die sonntäglich ruhigen Straßen von Hannover.

Das Maschsee-Freibad ist sehr gut besucht, denn der Sommer zeigt sich von seiner schönsten Seite. Ubbo findet trotzdem ein recht ungestörtes Plätzchen für sie beide. Jennie genießt es, einen erwachsenen Mann zum Freund zu haben. Nicht nur, dass er den Eintritt bezahlt, auch die rasante Fahrt in seinem schönen Wagen, mit herunter gedrehten Scheiben, war ganz was anderes, als das ewige Fahrradgestrampel.

In der Badehose kommt sein muskulöser sonnengebräunter Oberkörper wunderbar zur Geltung. Er ist eben ein Mann in den besten Jahren, von körperlicher Arbeit gestählt und ohne ein Gramm Fett zu viel an seinem Body. Schwimmen kann er wie ein Fisch. Jennie darf sich an den breiten Schultern festklammern, und so trägt er sie auf seinem Rücken durch das herrliche Wasser.

Sie stellt sich vor, er sei ein Delphin und sie eine Meerjungfrau, die auf ihm durch die Meereswellen reitet. Für ihn ist sie ein kaum merkbares Fliegengewicht. Trotzdem muss er ihre gerade erblühende Weiblichkeit sehr deutlich gespürt haben. Denn als sie nach einer Weile genug haben vom wilden Toben im Wasser und sich nebeneinander auf der Decke ausruhen, tastet sein Blick immer unruhiger über den leichtbekleideten Mädchenkörper an seiner Seite.

Nach einiger Zeit drängt er Jennie zum Aufbruch, obwohl die Sonne noch hoch am Himmel steht. Sie sieht keine andere Möglichkeit, als mit ihm zurückzufahren. Mit den öffentlichen Verkehrsmitteln ist es bis nach Hause eine halbe Himmelfahrt.

Außerdem hofft sie inständig, dass der schöne gemeinsame Tag nicht so schnell zu Ende gehen möge. Vielleicht lädt er sie noch auf ein Eis ein oder eine Cola.

Ubbo hat jedoch eine andere Vorstellung vom Ausklang des Tages. Er fährt schnurstracks mit ihr zur Baustelle zurück. Als er den Wagen abstellt meint er beiläufig: "Willste mal meinen

Wohnwagen sehen, Lütje? Der ist ganz gemütlich." Natürlich will Jennie. Ihr ist alles recht, wenn sie nur nicht sofort nach Hause muss. Das Theater, was sie dort erwartet, hat wirklich noch jede Menge Zeit.

Der Wohnwagen, in dem er auf der Baustelle haust, ist ziemlich geräumig und für seine Begriffe recht komfortabel. Ubbo hat keine Familie außer seiner verwitweten Mutter, die eine kleine Pension auf Juist bewirtschaftet. Dorthin fährt er aber nur, wenn er längere Zeit hintereinander frei hat. Für ein Wochenende ist ihm die Fahrt zu aufwendig.

Jennie interessiert sich sehr dafür, wie so ein Wohnwagen von innen aussieht. Sie betrachtet alles genau. Ubbo hat sogar ein ziemlich breites Bett zur Verfügung, einen Fernseher und einen kleinen Herd. Alles wirkt etwas schmuddelig. Auch der strenge Geruch, der ihr entgegenschlägt, als sie eintritt, ist nicht sehr angenehm. Aber aus Erfahrung weiß sie, dass es männliche Wesen mit der Sauberkeit meistens nicht so genau nehmen. Sie kennt ihre Brüder nur mit schmutzigen Fingernägeln und ungewaschenen Füßen.

Ubbo lässt sie am Tisch Platz nehmen. Dann holt er eine Schnapsflasche und zwei mittelgroße Gläser aus dem Schrank neben dem Herd.

"So, jetzt wollen wir erst mal anstoßen!" Jennie macht Kulleraugen, während er die Gläser bis zum Rand füllt. Noch nie in ihrem Leben hat sie Schnaps getrunken. Der Vater trinkt nur Bier, und das hat ihr schon nicht geschmeckt, als sie es heimlich probierte. Während Ubbo das Glas in einem Zug leert und sich nachschenkt, überlegt sie, wie sie das Getränk ablehnen kann, ohne ihn zu beleidigen. Vorsichtig schnuppert sie daran und schiebt es dann angeekelt von sich.

"Ich glaub das mag ich nicht", sagt sie matt." Hast du keine Cola?"

Da kennt sie Ubbo aber schlecht. Er packt sie mit festem Griff und zwingt sie laut lachend das Zeug hinunter zu schlucken. Jennie glaubt zu ersticken. Der Alkohol brennt in ihrer Kehle. Sie bekommt einen schrecklichen Hustenanfall und Tränen treten ihr in die Augen.

"Ach, Lütje, du musst noch viel lernen", brummt Ubbo nur und betrachtet sie kopfschüttelnd. Dann setzt er sein Glas zum dritten Mal an die Lippen. Jennies Rachen ist wund von dem starken Gesöff. Ihr ist heiß und übel. Sie sieht plötzlich alles doppelt. Vielleicht ist sie gar nicht mehr sie selbst? Sie könnte laut lachen und im nächsten Moment wieder weinen.

Ubbo hat plötzlich diesen gierigen Blick, den sie bisher nur von den anderen Bauarbeitern kennt. Sie bekommt ein wenig Angst vor ihm. Dann geht alles so schnell, dass es, ehe sie überhaupt richtig begreift, auch schon vorüber ist.

Der kräftige Mann nimmt sie auf seine Arme, trägt sie zum Bett und zieht ihr in Windeseile die Kleider vom Leib. Nachdem er sie mit seinen großen rauen Händen betatscht und sich über ihre kleinen Brüste lustig gemacht hat, öffnet er seine Hose.

Jennie bekommt einen entsetzlichen Schrecken, als sie den riesigen erigierten Penis sieht. Die Schwänze ihrer jüngeren Brüder sind klein, nackt und baumeln unschuldig zwischen den Beinen. Dieses abartige Monstrum hingegen sieht aus, wie ein einäugiger Zyklop, der einen haarigen prall gefüllten Beutel bewacht.

"Nun fass ihn schon an, Lütje", drängt Ubbo und führt ihre zitternde Hand an sein Glied.

"Igitt, du hast ja eiskalte Finger. Komm, küss ihn lieber!" Angeekelt presst sie die Lippen aufeinander, als das furchterregende Monster sich nähert.

"So geht das nicht! Ich dachte wir wollten vorher ein bisschen Spaß haben! Dann eben nicht", brummelt Ubbo ärgerlich und wirft sich im selben Augenblick über Jennie.

Sie kann kaum noch atmen, so schwer ist der Kerl. Ohne dass sie irgendeine Chance zur Gegenwehr hat, zwängt sich der ekelhafte eisenharte Einäugige zwischen ihre Beine und dringt unerwartet schmerzvoll und tief immer wieder in sie ein. Jennie stöhnt laut auf. Sie hat entsetzliche Angst und liegt da, steif wie ein Waschbrett, von ihrem gemarterten Unterleib gequält, der wie eine stark blutende offene Wunde all ihr Denken und Fühlen beherrscht.

Irgendwann ist es vorüber — ihr allererstes Mal.

Ubbo rollt grunzend auf die Seite und schläft ein. Jennie braucht einige Minuten, ehe sie daran zu glauben wagt, dass die Tortur wirklich überstanden ist.

Als sie laute Schnarchgeräusche wahrnimmt, rafft sie leise und schnell ihre Sachen zusammen und zieht sich in Windeseile an. Ihre mädchenhafte Scham schmerzt, als habe er ihr ein glühendes Brandzeichen aufgedrückt. Sein Sperma klebt widerwärtig zwischen ihren Schenkeln und beginnt die Oberschenkel hinab zu rinnen.

Als sie behutsam die Wohnwagentür hinter sich ins Schloss drückt, laufen ihr die Tränen sturzbachartig über das gerötete Gesicht. Den ganzen Weg bis nach Hause vermag sie sich nicht zu beruhigen.

Sie achtet nicht darauf, dass sie die Passanten neugierig anstarren, sondern schluchzt unaufhörlich weiter vor sich hin. Erst als sie den vertrauten grauen Wohnblock vor sich sieht, versiegen die Tränen plötzlich. Etwas anderes, fast ebenso Furchtbares, verdrängt sie. Ihr großer Bruder steht am geöffneten Fenster in der ersten Etage und beobachtet aufmerksam die Straße.

"Weil ich nicht sagen wollte, wo ich war, hat Mutter mich ordentlich durchgebläut und Stubenarrest gab es auch noch. Da hatte ich genug Zeit zum Überlegen!" Jennie sah ihr Gegenüber nachdenklich an. "Viel geholfen hat es aber nicht. Ich war schwanger. Ein Glück, dass Ubbo mich dann geheiratet hat!"

Holger wusste nicht recht, was er sagen sollte. Eine Love-Story war die Geschichte nicht gerade. Und obwohl Jennie den nahezu Fremden natürlich nicht an jeder schmerzlichen Einzelheit teilhaben ließ, bedauerte er sie zutiefst. Dieser Ubbo Uphoff schien tatsächlich ein Ekelpaket gewesen zu sein. Vielleicht hatte Jennie ihn doch umgebracht? Aber er verwarf den Gedanken schnell wieder.

Diese kindliche Frau war dazu nicht fähig!

Er hätte ihr noch nicht einmal einen der kleinen Versicherungsbetrügereien zugetraut, wie sie beinahe schon zum Volkssport geworden waren. In solchen Fällen wurde er nie tätig, denn diese Verluste regelten die Gesellschaften ganz einfach über allgemeine Prämienerhöhungen.

Wie viele brennende Weihnachtsbäume wirklich Schaden angerichtet hatten, welche Fensterscheiben tatsächlich unbeabsichtigt zu Bruch gingen, und ob immer ausgerechnet ein gut versicherter Bekannter irgendwelche kaputten Gegenstände auf dem Gewissen hatte, wussten mit Sicherheit nur die direkt Beteiligten.

Eigentlich hätte sich Holger rein gefühlsmäßig an diesem Punkt der Ermittlungen aus der Sache zurückgezogen. Aber da war zum einen sein kaputtes Auto, das ihn hier noch eine Weile festhielt und zum anderen Jennie, die ihn auf eine unerklärliche Weise fesselte.

"Die Flasche ist leer. Darf ich noch etwas für Sie bestellen, Jennie oder möchten Sie lieber nach Hause?" Es ging inzwischen schon auf elf Uhr zu, und Holger war sich nicht sicher, ob Jennie ihre Kinder noch länger allein lassen konnte.

"Nein, danke! Ich hab schon zu viel", antwortete sie glucksend. "Wenn mich Sabrina so sieht, kann ich mir was anhören!"

Plötzlich kam Holger eine wunderbare Idee, wie er den bevorstehenden langweiligen Sonntag mit Leben füllen könnte.

"Was halten Sie davon, wenn wir morgen mit den Kindern einen Ausflug an die Küste unternehmen? Vielleicht könnten wir nach Norderney fahren, dahin gibt es regelmäßige Fährverbindungen." Er sah sie erwartungsvoll an.

"Warum nicht? Die Kinder würden sich freuen. Wir sind in letzter Zeit nur wenig rausgekommen", meinte Jennie ohne zu zögern. Der Mann war nett, höflich, vertrauenserweckend, unverheiratet, und er mochte offenbar sogar ihre Kinder — was konnte ihr im Moment Besseres passieren?

Holger bezahlte die Rechnung und gab gewohnheitsmäßig ein großzügiges Trinkgeld. Jennie wankte ein wenig auf dem Weg zur Tiefgarage, so dass er sie kräftig abstützen musste. Es standen nur noch einige Wagen da, und der große bunkerartige Raum wirkte im dämmrigen Licht fast gespenstisch. Als Holger die Beifahrertür öffnete, um Jennie beim Einsteigen behilflich zu sein, schlang sie plötzlich beide Arme um seinen Hals und drückte ihm einen saftigen Schmatzer auf die Wange.

"Vielen Dank für alles!", flüsterte sie zärtlich in sein Ohr.

Er stand etwas vorgebeugt und konnte daher nur mit Mühe das Gleichgewicht halten. Mit diesem emotionalen Angriff hatte er nicht gerechnet. Jennie wühlte sein Innerstes auf, wie ein elektrischer Quirl, der auf Hochtouren lief. Er spürte ihren erotischen Körper durch seine Kleidung. Die Brustknospen schienen sich an ihm zu reiben.

"Ja, ja, es war mir wirklich ein Vergnügen", stammelte er und löste sich vorsichtig aus der Umklammerung. Dann stieg Jennie endlich ein.

Glücklicherweise sprang der Leihwagen diesmal sofort an. Holger fürchtete sich vor dem Gedanken, länger mit der jungen Frau hier unten allein zu sein. Im Augenblick hatte er sich ihr gegenüber nicht im Griff, und es hätte einfach alles geschehen können.

Die Straßen von Aurich waren fast leer zu dieser späten Stunde. Der alte Wagen schnurrte am Pferdemarkt entlang zügig dahin und in kurzer Zeit waren sie schon vor Jennies Haus angelangt.

Er hatte sich fest vorgenommen, im Auto sitzen zu bleiben. Aber sie schaffte es nicht, die etwas verklemmte Beifahrertür zu öffnen. Also standen sie sich anschließend doch neben der Laterne vor der dunklen Hecke in filmreifer Abschiedspose gegenüber. Als er in ihre Augen sah, bemerkte er, dass sie in Tränen schwammen.

"Warum weinst du, Jennie?" Er drückte sie tröstend an sich. Das Du war ihm ohne bewusste Steuerung herausgerutscht.

"Nur vor Glück", flüsterte sie. Und ihre Lippen wirkten dabei so weich und verführerisch, dass er sie einfach küssen musste.

Niemals hätte er es für möglich gehalten, dass sich ein Mann seines Alters und seiner Erfahrung bei einem unschuldigen Kuss so verloren fühlen könnte. Stürme wilder Leidenschaft peitschten seinen hilflosen Körper und der Verstand verflüchtigte sich in die unendlichen Tiefen des Universums. Raum und Zeit schienen sich zu biegen, bis sie zu einem endlosen Kreis zusammenschmolzen. Rund und rund und rund drehte sich alles nur um diesen einen Kuss, der ewig andauern wollte.

Jennie war es diesmal, die sich aus der Umarmung löste.

"Ich muss jetzt rein. Wir sehen uns ja morgen." Behände schlüpfte sie durchs Gartentor und war schon fast verschwunden, als sie ihm aus dem Dämmerlicht leise zurief: "Danke noch mal! Und wir sind jetzt per Du, vergiss das nicht!"

7. Norderney

Holger wurde in der folgenden Nacht von unruhigen Träumen heimgesucht. Ihn quälten doppelgesichtige Wesen, die abwechselnd Jennie, Saskia und manchmal auch seiner längst verstorbenen Mutter ähnelten. Am Sonntagmorgen stand er schließlich zeitig auf, um dem Spuk ein Ende zu bereiten. Er war gegen Zehn mit Jennie und den Kindern verabredet. Vor dem Frühstück blieb ihm noch genug Muße, sein Zimmer aufzuräumen.

Da er den Fall als abgeschlossen betrachtete, nahm er die Fotografien von der Pinnwand und legte sie ordentlich in seinen verschließbaren Aktenkoffer zu den anderen Unterlagen von der Versicherung. Nur Jennies hübsches Portrait ließ er aus reinem Vergnügen noch hängen. Er saß eine Weile in dem wackligen Armstuhl vor seinem Bett und studierte das liebe Gesicht zum wiederholten Male eingehend.

Die Aufnahme war entstanden, als sie mit ihrem kleinen Sohn auf dem Spielplatz saß. Zärtlichkeit sprach aus diesem Blick. Holger wünschte sich plötzlich, dass ihn seine eigene Mutter jemals so angesehen hätte.

Die war eine wunderschöne elegante Frau gewesen, und da er naturgemäß nur diese eine Mutter hatte, fiel ihm ihr grenzenloser Egoismus als Kind nicht auf. Er hatte sie immer abgöttisch geliebt, während sie ihn wahrscheinlich als lästiges Anhängsel betrachtete. Meistens beachtete sie ihn überhaupt nicht und überließ ihn ständig wechselnden Kindermädchen.

Nur hin und wieder führte sie den kleinen Sohn fein herausgeputzt irgendwelchen Filmkollegen vor. Dann schlüpfte sie für kurze Zeit in die Rolle der schönen stolzen Mama, und er musste sich von ihrem Lippenstift-Mund abküssen lassen. Ihr intensiver Parfümduft machte ihn dabei ganz schwindelig. Er war immer heilfroh, wenn diese unvermeidliche Zeremonie endlich hinter ihm lag und er ins Bett gebracht wurde.

Energisch schüttelte Holger die unangenehmen Kindheitserinnerungen ab und machte sich ans Rasieren seines Männergesichtes. Dann packte er ein paar Sachen in die Sporttasche und ging hinunter um zu frühstücken.

Frau Jansen hatte den Tisch wie immer nur für ihn gedeckt. Er war im Augenblick der einzige Gast in ihrer kleinen Pension. Aber die Alte bediente ihn heute ausnahmsweise nicht persönlich. Wahrscheinlich sollte das die Strafe für seinen nächtlichen Ausflug sein.

Holger war darüber nicht besonders traurig. Auf diese Weise ersparte sie ihm die morgendliche Konversation. Der Kaffee stand in einer Thermoskanne auf dem Tisch, und auch sein Frühstücksei war in einer Styropor-Hülle warm geblieben. Er ließ es sich schmecken, holte dann seine Tasche aus dem Zimmer und verließ zügig das Haus.

Als er in Jennies Straße einbog, hüpften Nadine und Tobias schon ungeduldig auf dem Bürgersteig herum. Freudig winkend und juchzend liefen sie neben seinem Wagen her.

Holger fuhr vorsichtshalber im Schritttempo. Ein solch enthusiastisches Empfangskomitee war für ihn äußerst ungewohnt. Saskia hatte meistens irgendwo zu tun, wenn er nach längerer Abwesenheit zurückkam. Ein Haustier, was ihn freudig schwanzwedelnd oder leise schnurrend begrüßte, besaßen sie nicht. Wehmut bemächtigte sich seiner beim Anblick der begeisterten Kinder. Zum ersten Mal bedauerte er es, keine eigene Familie zu haben.

Auch Jennie und Sabrina standen schon zur Abfahrt bereit. Alle waren bester Laune. Jennie hatte das Haar heute geflochten und trug ihren pinkfarbenen Bikini schon unter dem leichten bunten Sommerkleid. Holger stieg aus dem Wagen, begrüßte die erwartungsvolle Bande freundlich und verstaute ihre vier verschieden großen Rucksäcke in Kofferraum. Tobias hatte außerdem noch ein knallrotes Sandeimerchen dabei, von dem er sich allerdings nicht trennen wollte.

Jennie setzte sich mit Nadine und dem Kleinen auf den Rücksitz, während Sabrina — stolz wie Oskar — auf dem Beifahrersitz Platz nahm. Die Zehnjährige versuchte sich sehr erwachsen aufzuführen und unterhielt Holger, auf der gesamten Fahrt nach Norddeich, mit altklugem Geplapper.

Sie hatte den netten Bekannten ihrer Mutter inzwischen richtig ins Herz geschlossen und versuchte ihm ununterbrochen zu imponieren. Da ihre Schulnoten nicht die besten waren, und die Petze Nadine hinten im Wagen saß, sparte sie das Thema Schule vorsichtshalber ganz aus. Aber

Holger durfte sich alles über ihre Freundinnen und ihre phantastischen Zukunftspläne anhören. Seltsamerweise sprach sie auch nicht über ihren verstorbenen Vater. Dieses traurige Thema hatte sie nachhaltig aus ihrem Gedächtnis gestrichen.

In Norddeich stellte Holger den Wagen auf einem der stark frequentierten Tagesparkplätze ab. Mit Rucksäcken und Sporttasche bepackt gingen sie im Gänsemarsch die zweihundert Meter bis zum Anleger. Holger marschierte voraus, dahinter die drei Kinder nach der Größe sortiert, und zum Abschluss Jennie, die Tobias ständig im Auge behalten musste. Jeder hätte sie für eine ganz normale Familie auf ihrem Sonntagsausflug halten können.

Die Fähre nach Norderney fuhr stündlich, deshalb gab es keine langen Wartezeiten. Holger kaufte die Fahrkarten. Sie waren nicht gerade billig. Er fragte sich einen Moment irritiert, wie ein gewöhnlicher Familienvater solche Fahrten mit mehreren Kindern überhaupt finanzieren konnte.

Trotzdem gingen viele Familien mit ihnen an Bord des weißen Schiffes. Teilweise sah man ihrem Gepäck an, dass sie mehrere Tage oder sogar Wochen auf der nicht preiswerten Insel verbringen wollten. Wahrscheinlich verzichteten sie das ganze Jahr über auf alle Extras, um sich diesen Nordseeurlaub leisten zu können.

Das Wattenmeer lag ruhig und sonnenbeschienen vor ihnen. Es versprach eine äußerst angenehme Überfahrt zu werden. Holger ergatterte einige gute Sitzplätze an Deck der vollbesetzten Fähre, derweil Jennie bemüht war, ihre drei Kinder in dem Menschengewühl nicht zu verlieren.

Endlich saßen sie alle beieinander, das Gepäck auf einem kleinen Haufen zusammengestapelt, als das Schiff gemächlich ablegte und gen Norderney tuckerte. Die Kinder waren begeistert. Sie standen heftig winkend an der Reling und blickten fröhlich auf das sich immer weiter entfernende Ufer zurück. Selbst die große Sabrina wirkte wie ein kleines verspieltes Mädchen.

Weiße Möwen kreisten so elegant über ihnen, als schwämmen sie auf dem strahlenden Himmelsblau. Laut kreischend bettelten sie nach Essbarem. Eine Gruppe halbwüchsiger Jungen begann die gierigen Vögel mit bunten Papierfetzen zu foppen. Pfeilschnell stürzten sich die Gefiederten herab und ergriffen die vermeintliche Beute mit ihren orangeroten Schnäbeln, um sie sofort enttäuscht fallen zu lassen.

Die erregte Möwenschar rottete sich zusammen und sauste wie Tiefflieger über die Köpfe der Passagiere hinweg. Ein ätzender heller Klecks landete auf der lächerlich bunten Schirmmütze eines Touristen. Hysterisch schimpfend hielten einige in der Nähe sitzende Damen die Handtaschen schützend über ihre ordentlich frisierten Köpfe. Diese Szenerie interessierte Sabrina und ihre Geschwister natürlich brennend. Die drei Kinder waren für eine ganze Weile so beschäftigt, dass sich Holger und Jennie eine kleine Verschnaufpause gönnen konnten.

Die einfache junge Frau blickte begeistert über das silbrig glänzende Wasser und wirkte überaus glücklich. "Da guck! Das war bestimmt ein Seehund! Ist das nicht toll?" Er nickte lachend, obwohl er überhaupt nichts gesehen hatte. Viel interessanter fand er es, ihr ausdrucksvolles lebhaftes Gesicht, auf dem jede Regung sofort ablesbar schien, zu beobachten.

Inzwischen konnten sie die Insel gut ausmachen. Schmucke weiße Gebäude und rote Ziegeldächer strahlten im Sonnenschein. Gründurchzogene helle Sanddünen wölbten sich weich dem blauen Himmel entgegen. Jennie betrachtete jede Einzelheit mit leuchtenden Augen.

Schade, dass er den Fotoapparat nicht mitgenommen hatte. Das war ihm nur deshalb passiert, weil er das Fotografieren gewöhnlich mit seiner Arbeit verband, und an diesem Tag davon verschont sein wollte. Er nahm sich vor, das wundervolle Bild mit seinem Herzen abzulichten und dort als eine schöne Erinnerung sicher zu bewahren.

Viel zu schnell ging die Überfahrt zu Ende. Bei der Ankunft auf Norderney gab es das üblich stressige Gedränge. Er nahm Tobias diesmal vorsichtshalber auf seine Schultern. Das gefiel dem kleinen Knirps so gut, dass Holger ihn anschließend auch noch zum Strand tragen durfte.

Sabrina und Nadine hüpften unternehmungslustig neben ihnen her, so dass ihre Rucksäcke kräftig auf und nieder wippten. Jennie ging nur wenig gesitteter. Auch ihr kribbelte die ungewohnte Freude unter der Haut wie Juckpulver.

Sie trug neben ihrem eigenen Rucksack noch den kleinen ihres Sohnes. Das Sandeimerchen hatte sie ihm nicht abnehmen können. Es baumelte nun an Tobias kleinem Händchen vor Holgers Augen hin und her, was eine starke Einschränkung und total irritierende Rotverschiebung seines Blickfeldes verursachte.

Sie mussten noch ein Stück durch die kleine blitzsaubere Stadt laufen, bevor sie am Ziel waren. Obwohl Norderney, als einzige der Ostfriesischen Inseln, Autoverkehr duldete, waren die Straßen bei weitem ruhiger, als auf dem Festland.

Der Ort verbreitete eine angenehm lebhafte Ferienatmosphäre. Überall gab es kleine Geschäfte mit wundervoll kitschigen Andenken, einladende Eisdielen und viele verschiedene Restaurants für jeden Geschmack.

8. Am Strand

Endlich hatten sie den herrlich weißen Sandstrand erreicht. Holger mietete zwei Strandkörbe in der Nähe der sanitären Anlagen. Das erschien ihm wegen der Kinder sicherer. Jennie nickte nur dankbar zu allem, was er vorschlug.

Während Tobias sofort damit begann, das geliebte rotes Eimerchen seiner Bestimmung zuzuführen und genau vor Holgers Füßen kräftig im Sand buddelte, entledigten sich die drei weiblichen Wesen im Handumdrehen ihrer Kleidung und standen plötzlich in den Bikinis da.

Holger hatte aus Gewohnheit keine Badehose untergezogen, weil er und Saskia überzeugte FKK-Anhänger waren. Jetzt kramte er mit bereits freiem Oberkörper und geöffnetem Gürtel in seiner Sporttasche, um das am Textilstrand notwendige Kleidungsstück zu suchen. Es dauerte eine Weile, weil er von dem farbenfrohen verlockenden Bild der drei Grazien abgelenkt wurde: Nadine, brünett, klein und zart wie eine Elfe in

einem grellgelben Zweiteiler, Sabrina, stroh-
blond, so groß wie ihre Mutter aber kräftiger, mit
einem Rest von Babyspeck und dem Selbstbe-
wusstsein einer absoluten Herrscherin, in Lila-
gestreift und — Jennie.

Sie erinnerte ihn an ein verführerisches engli-
sches Sahnebonbon in glänzend rosarotem Papier. Und genauso unwiderstehlich schien sie ihn
zu locken. Holger musste sich etwas erschreckt
eingestehen, dass er Jennie Uphoff am liebsten
ausgepackt und vernascht hätte.

Aber viel Zeit blieb ihm nicht für ungestörte Beobachtungen. Tobias wirbelte so begeistert mit
Sand, dass dem Voyeur eine volle Ladung auf
seinen nackten Rücken klatschte und langsam in
die Hose rieselte. Schnell griff er nach dem schon
etwas unmodernen schlabbrigen Badeshorts,
den er nur für Notfälle besaß, und verschwand,
um sich endlich umzuziehen.

Als Holger zurückkam, erblickte er zuerst Jennies
süßes knapp bekleidetes Hinterteil. Sie stand
weit vorgebeugt, um den sich fürchterlich sträu-
benden Kleinen mit Sonnenlotion einzureiben.
Endlich schaffte der es, sich loszureißen und
rannte davon, so schnell ihn seine kurzen dicken

Beinchen trugen. Nadine stürzte ihm sofort besorgt hinterher.

"Cremst du mir den Rücken ein?" Sabrina hatte ihrer Mutter die Plastikflasche entrissen und hielt sie Holger hin. Man merkte ihr an, dass es eine Aufforderung war, die keinen Widerspruch duldete. Also machte er sich notgedrungen gehorsam an die Arbeit. Da ihm jegliche Erfahrung mit Kindern fehlte, stellte er sich dabei etwas linkisch an.

"Du musst die Sonnenmilch richtig einmassieren, sonst hilft es nichts!", kommandierte die junge Dame. Nach einer Weile war sie endlich zufrieden. Sie ließ Holger einfach mit seinen schmierigen Fingern stehen und verschwand ohne ein Wort des Dankes zu ihren Geschwistern, die gerade eine eindrucksvolle riesige muschelgeschmückte Sandburg begutachteten.

"Mir bitte auch!" Jennie ließ sich bäuchlings auf eine karierte Decke plumpsen und sah ihn erwartungsvoll über ihre Schulter hinweg an. Mit der linken Hand ergriff sie ihren langen dicken Zopf, um ihn vom Rücken fern zu halten. Dann öffnete sie mit der Rechten geschickt ihr Bikinioberteil.

Holger sank, die Flasche Sonnenmilch hilflos umklammernd, neben ihr in die Knie. Er war es gewöhnt, unbekleidete attraktive Frauen zu sehen, ohne dass er sichtbare Reaktionen zeigte, aber hier empfand er plötzlich alles völlig anders. Ihm wurde ganz schwindlig. Noch nie hatte ihn ein Wesen so verwirrt und bezaubert wie diese naive Jennie.

Zitternd schüttete er einen großen weißen Klecks auf ihren makellosen Rücken. "Igitt, kalt!" schrie sie lachend auf und bog ihren Oberkörper erschreckt in die Höhe. Er konnte einen kurzen Blick auf ihre straffen Brüste mit den rosigen Knospen werfen.

Das war zu viel für ihn!

Das Blut schoss ihm unaufhaltsam in die Lenden. Er sah sich verstört und schuldbewusst um. Aber niemand schien sie zu beobachten, und Jennie lag wieder erwartungsvoll auf dem Bauch. Sein immer steifer werdendes Glied krampfhaft zwischen den Schenkeln verbergend, berührte er zaghaft die weiche Pfirsichhaut, um die angerichtete Schmiererei durch sanftes Einmassieren zu beseitigen.

"Du musst etwas kräftiger reiben! Und bitte, auch die Oberschenkel. Da bin ich besonders empfindlich", quälte sie ihn in süßem Tonfall.

Plopp, da stand sein bestes Stück wie eine Eins!

Die Hose spannte sich, einem bunten Zirkuszelt sehr ähnlich, in dem so eben der große Mast aufgerichtet wurde. Saskia hätte ihren Augen nicht getraut. Sie vertrat immer die Meinung, dass so etwas bei älteren Männern nicht mehr möglich sei. Holger war daran nicht ganz unschuldig, immerhin hatte sie seit etwa fünfzehn Jahren kein anderes Anschauungsobjekt mehr als ihn. So erfreut er in Saskias Schlafzimmer von dieser Spontan-Reaktion seines intimen Freundes gewesen wäre, so unangenehm war ihm die Sache jetzt.

Nicht auszudenken, wenn Jennie oder die Kinder seinen Zustand bemerkten!

Während er ihre verführerisch zarte Haut mit dem weißen nach Zitrone duftenden Mittel sanft bearbeitete, suchte sein Gehirn verzweifelt nach einem Ausweg aus dieser peinlichen Lage. Glücklicherweise lag Jennie mit abgewandtem Gesicht da. Die beiden nebeneinander stehenden Strandkörbe boten vor fremden Blicken einen guten Schutz, und die Kinder spielten inzwischen in einiger Entfernung mit einem Ball.

Er beschloss, sich gedanklich abzulenken. Sonst wurde sein Prügel erfahrungsgemäß immer schlaff, wenn ihm Saskias Buchführung durch den Kopf ging. Also begann er in Gedanken zu bilanzieren und komplizierte Rechnungen anzustellen, um die allzu heftige Hormonreaktion in den Griff zu bekommen.

"Du machst das richtig toll. Ich könnte es stundenlang aushalten!" Jennie schnurrte wie ein kleines zufriedenes Kätzchen.

"Meinst du, ich kann hier oben ohne?", fragte sie plötzlich unvermittelt und wendete sich halb zu ihm um, wobei sie sich auf einen Ellenbogen stützte.

Gut, dass sie zuerst in sein gerötetes Gesicht sah!

Der mühsame Erfolg des anstrengenden Kopfrechnens wurde nämlich, durch das leichte Wippen ihrer nackten Brüste, sofort zunichte gemacht.

"Äh, weiß nicht!" Holger sah einen Moment reichlich verwirrt aus und ließ sich dann blitzschnell neben Jennies Decke fallen, um seinen vorwitzigen Lümmel zu verstecken. Eisenhart bohrte sich der Bursche in den Sand. Ein dumpfer Schmerz durchzuckte Holgers Unterleib.

"Soll ich dich auch einreiben?" Jennie drehte sich zu ihm auf die Seite. Ihre Brüste streiften dabei leicht seinen Arm, und er bekam am ganzen Körper Gänsehaut.

"Nnnicht nnnötig", stammelte Holger am Ende seiner Kräfte. Jennie schaute belustigt auf ihn hinunter. Er hatte sein Gesicht zwischen den angewinkelten Armen verborgen und atmete heftig.

"Na, dann eben nicht! Oder sollen wir ins Wasser gehen?" Sie versuchte Leben in Holgers steif daliegenden Körper zu bekommen, indem sie mit dem Zeigefinger sehr sachte kitzelnd seine Wirbelsäule entlangfuhr.

"Oh, nein!", stöhnte er.

"Was ist denn bloß mit dir los? Hab ich was falsch gemacht?" Jennie wirkte plötzlich so bedrückt, dass er spontan beschloss, sie ins Vertrauen zu ziehen. Alles andere konnte er besser ertragen, als sie traurig zu machen.

Vorsichtig wälzte er sich auf die Seite und deutete so artig und schuldbewusst wie möglich auf sein Malheur. Jennie sah anfangs etwas erstaunt aus. Dann richtete sie den Oberkörper auf, presste eine Hand vor ihren Mund und kicherte, dass ihre schönen Brüste nur so bebten.

"Ach, du hast einen Steifen!", stellte sie anschließend noch immer glucksend aber sehr sachlich fest.

"Da werd ich meine Möpse wohl besser mal einpacken." Sie ergriff ihr Bikinioberteil. Während sie es anzog rutschten die Wonnehügel mehrmals so vorwitzig aus den kleinen Körbchen, dass Holger sich vorsichtshalber wieder seufzend auf den Bauch drehte.

"Reg dich nicht auf. Damit kann man mich nicht mehr schocken. Vergiss nicht, ich hab drei Kinder. So was haut nicht hin, ohne Ständer! Am besten wir gehen jetzt ins Wasser." Jennie wurde richtig gesprächig. So viel hatte sie während der gesamten Zeit nicht geredet.

"Komm, steh endlich auf. Du kannst dir ein Handtuch vorhalten. Wir lassen das dann vorne liegen. Es klaut schon keiner", trieb sie ihn munter an.

Holger tat gehorsam, was Jennie vorschlug.

Hinter dem vorgehaltenen Handtuch brannte und kribbelte es unausstehlich. Welche Verschwendung! Da hatte er ein wunderbar pralles

Glied, außerdem eine entzückende Frau an seiner Seite und sollte sich nun mittels kalten Wassers in einen Langweiler verwandeln.

Alles innerliche Jammern half ihm nicht. Auf den letzten Metern musste er sich des Handtuchs entledigen und mit schnellen Schritten in die kalten Fluten stürzen. Anfangs war das Wasser sehr flach, deshalb rannte er hinein, dass die Tropfen nur so stieben und der Penis kräftig in Schwingung geriet. Jennie konnte Holger kaum folgen. Als sie ihn erreichte, hatte er sich glücklicherweise etwas beruhigt.

Sie plantschten eine Weile im herrlichen Wasser und ließen sich von den sanften Wellen hin und her schaukeln. Jennie war sehr ausgelassen. Sie wertete Holgers Missgeschick als großes Kompliment für sich.

Nun war er endlich nicht mehr unerreichbar für sie! Er zeigte Reaktionen wie jeder normale Mann. Alle Scheu fiel von ihr ab. Sie fühlte sich in seiner Nähe plötzlich völlig sicher und geborgen. Vertrauensvoll schlang sie die Arme um seinen Hals und presste ihren Körper inniglich an seinen.

"Ich finde dich süß!", flüsterte sie in sein nasses Ohr und küsste es spielerisch.

Bevor er irgendetwas auf ihre impulsive Sympathiebezeugung erwidern konnte, hörten sie Sabrina einige Meter entfernt laut rufen: "Mama, wir haben dich überall gesucht. Wir haben Hunger!"

9. Hungrig

Gemeinsam stapften sie aus dem Wasser. Der trockene feine Sand puderte die nassen Füße. Auf Holgers behaarter Brust glänzten silbrig viele kleine gefangene Wassertropfen. Auch unterhalb sah er wieder sehr manierlich aus. Gründlich spülten sie das Salzwasser bei den extra dafür eingerichteten Duschen ab und rieben ihre ausgekühlten Körper trocken. Jennie öffnete das seidige Haar und ließ es im warmen Wind wehen.

"Mama, was gibt's zum Essen?", fragte Nadine. Und Tobias, der schon wieder im Sand buddelte, spielte das Echo: "Mama, Essen! Mama, Essen!"

"Ich hab' Brote gemacht. Äpfel gibt's auch welche", erklärte Jennie knapp und kramte in einem der Rucksäcke.

"Och, können wir nicht Pommes und Würstchen?" Sabrinas Stimme klang enttäuscht und verärgert.

"Wenn du noch Taschengeld hast. Wir sind schließlich keine Millionäre!", wies die Mutter sie barsch zurecht.

"Kommt mit! Wir gehen zum Imbiss. Dort könnt ihr euch aussuchen, was ihr möchtet", rettete Holger die Situation. Er zog sein Hemd über und holte das Portemonnaie aus der Tasche. Die Kinder umringten ihn begeistert, und Jennie strahlte ihn dankbar an.

"Ihr könnt mir was mitbringen. Ich pass auf die Sachen auf", sagte sie fröhlich, zog ein Romanheftchen hervor und machte es sich im Strandkorb bequem.

Holger nahm Tobias auf die Schultern und stapfte, stolz von den beiden Mädchen flankiert, zu einem Imbiss in der Nähe des Strandes. Es war sehr gut besucht, sodass sie sich am Ende einer langen Menschenschlange anstellen mussten.

"Tobias muss Aa!", schrie der Kleine plötzlich mit hochrotem Kopf. Holger geriet in Panik. Aber Sabrina sagte nur kühl: "Mach du das, Nadine!" Gehorsam nahm die Schwester den kleinen Bruder an ihre Hand und suchte mit ihm die Toilette.

Während Holger ihnen erleichtert nachblickte, stach ihm plötzlich eine Telefonzelle ins Auge.

Brütend heiß stieg der Gedanke an Saskia in ihm hoch. Er musste sie unbedingt anrufen.

"Sabrina, bleib bitte in der Reihe stehen. Ich muss nur schnell telefonieren", sagte er und war auch schon verschwunden.

"Saskia, geh bitte ran, hier bin ich!" Es war der lästige Anrufbeantworter am anderen Ende.

"Hallo, Liebster! Wie geht es dir? Ich bin so einsam ohne dich! Weißt du, ich hätte ein paar Tage Zeit dich zu besuchen. Natürlich nur, wenn ich dich nicht störe. Den dicken Auftrag von den millionenschweren Brüggenbergers habe ich jetzt in der Tasche, da könnte ich mir etwas Erholung gönnen ..." Saskia schnatterte ohne Luft zu holen. Er wartete geduldig ab, bis eine größere Pause entstand.

"Ich vermisse dich natürlich auch", log er. "Aber es wäre, glaube ich, keine gute Idee herzukommen. Die Pension ist nicht sehr komfortabel, und ich bin von morgens bis abends in Recherchen unterwegs. Du würdest dich in dieser vermufften Kleinstadt nur langweilen!"

"Ich habe mich inzwischen ein wenig informiert. Aurich soll eine hübsche kleine Stadt sein mit einigen historisch und architektonisch interessanten Sehenswürdigkeiten in der Umgebung. Unweit von dort gibt es sogar eine uralte Kirche die stärker geneigt ist, als der schiefe Turm von Pisa. Außerdem handelt es sich doch um ein stark frequentiertes Feriengebiet, weil sich die Nordseeküste in unmittelbarer Nähe befindet. In Norddeich besitzt zufällig ein Kunde von mir ein repräsentatives Ferienhaus, das könnte ich bestimmt benutzen. Er hat es mir mehrfach angeboten", begann sie ihn zu bearbeiten.

"Du weißt, dass ich bei meiner Arbeit keine private Ablenkung gebrauchen kann. Der Fall liegt sehr kompliziert, aber er steht kurz vor dem Abschluss. Wenn du mir noch etwas Ruhe lässt, werde ich vielleicht schon am nächsten Wochenende wieder bei dir sein, Liebes." Er musste unbedingt verhindern, dass Saskia hier auftauchte, deshalb sprach er sehr liebevoll mit sanfter Stimme.

"Schade! Ich hatte mich schon so gefreut! Hat diese Frau ihren Mann denn nun ermordet?"

"Wahrscheinlich mit Säure verätzt ...", begann Holger gerade widerwillig zu erklären, als die Tür der Telefonzelle plötzlich aufgerissen wurde. Tobias sprang laut plappernd an ihm hoch und Nadine rief, nervös an seinem Hemdsärmel zup-

100

fend: "Komm! Du musst kommen, wir sind gleich dran! Wir haben uns schon alles ausgesucht. Komm endlich, Sabrina wird sonst sauer!"

"Was ist denn da los, Holger? Woher rufst du eigentlich an? Das sind doch Kinderstimmen!" Saskia war verwirrt. Mit sicherem weiblichen Instinkt witterte sie, dass irgendetwas nicht stimmte. Er konnte sie aber kaum verstehen. Deshalb sagte er, um das Gespräch zu beenden, bevor sie allzu misstrauisch wurde: "Tut mir leid, Saskia, ich erkläre dir alles später. Jetzt kann ich nicht weitersprechen. Bis bald! Ich rufe dich später an." Dann legte er den Hörer auf.

Die beiden Geschwister zogen ihn hinter sich her zum Imbiss zurück. Sabrina stand schon am Tresen und sah sehr ungeduldig aus.

"Für uns hab ich schon bestellt. Wenn du auch was willst, muss du's selber sagen!"

Holger suchte sich einen Salat aus und irgendein Dosengetränk. Er ließ alles einpacken und bezahlte dann die gesamte Rechnung. Die Preise waren, wie in allen Ferienorten, schrecklich überhöht. Aber die Kinder wirkten dafür sehr zufrieden.

Die beiden Mädchen hüpften singend vor ihm her: "Laurencia, liebe Laurencia mein, wann werden wir wieder beisammen sein? Am Mooontag!" Während sie die Wochentage nacheinander wie Kaugummi in die Länge zogen, gingen sie jedes Mal tief in die Knie. Er trottete langsam hinterdrein, in der einen Hand die volle Plastiktüte, an der anderen den kleinen brabbelnden Tobias.

Eine ältere Frau im knallroten Badeanzug und mit ebensolchen Lippen beugte sich im Vorbeigehen zu dem Kleinen herab und streichelte ihm übers Haar.

"Der ist aber goldig! Ja, an dir hat der Papa sicher seine Freude." Sie lächelte Holger freundlich zu.

"Ja, ja, die lieben Kinderchen!", murmelte er nur verwirrt.

Der Same fiel auf fruchtbaren Acker!

Die absurde Vorstellung, er könnte mit Jennie zusammenbleiben und ihren Kindern den Vater ersetzen, war gar nicht so übel, auch wenn er sie sofort wieder als völlig abwegig verdrängte.

Die schöne Witwe saß im Strandkorb und las andächtig in ihrem Arztroman, nebenbei grub sie die gesunden weißen Zähne in einen knackigen grünen Apfel. Sie hörte ihre Rangen schon von weitem. Nun war es aus mit ihrer Ruhe! Sie packte das Heftchen sorgfältig ein und stellte ihren Rucksack nach unten, damit mehr Platz zum Sitzen frei wurde.

"Mama, er hat uns alles gekauft, was wir wollten!", berichtete Sabrina stolz, entriss Holger die Plastiktüte und stellte sie demonstrativ vor ihrer Mutter ab. Vorsichtig nahm Jennie die warmen fettigen Pakete nacheinander heraus und verteilte die gefüllten Pappschalen unter die hungrigen Kinder. Zum Schluss kamen Holger und sie selbst an die Reihe. Die Getränke waren verständlicherweise in der warmen Plastiktüte nicht sehr kalt geblieben und auch der Salat hatte ziemlich gelitten. Trotzdem ließen sie es sich schmecken.

"Kommst du mit, den Müll wegbringen? Da können wir ein Stück laufen", wandte sich Jennie mit unternehmungslustig funkelnden Augen an Holger, nachdem jedes kleine Krümelchen aufgezehrt war. Sie wies die Kinder an, inzwischen bei den Strandkörben zu bleiben.

"Sabrina, du weißt: Mit vollem Bauch nicht ins Wasser gehen!", rief sie noch über die Schulter zurück, und dann schlenderten sie beide zu den Abfalltonnen in einiger Entfernung.

"Du bist doch nicht müde, oder?" Jennie musterte Holger forschend von der Seite.

"Nein, im Gegenteil, ich fühle mich putzmunter! Soll ich dich samt Müll zum Abfalleimer tragen?" Er schickte sich an, sie zu packen und über seine Schulter werfen. Laut lachend stolperte sie durch den Sand davon und verlor dabei eine leere Limodose. Holger sammelte sie auf und holte Jennie erst bei den Mülltonnen ein. Sie sortierten den Abfall schön ordentlich in die dafür vorgesehenen verschiedenen Behälter.

"Lass uns doch noch ein Stück am Wasser entlanggehen, ja?" Jennie legte beide Hände bittend aneinander und sah ihn so süß an, dass er ihr einfach jeden Wunsch erfüllt hätte.

"Meinetwegen gerne! Aber kannst du die Kinder so lange unbeaufsichtigt lassen?", fragte er leicht besorgt.

"Na, klar! Die sind satt, und es sind ja keine Babys mehr." Jennie ergriff seine Hand und zog ihn sanft mit sich fort. Sie wollte ihn einige Minuten für sich ganz allein haben.

Langsam schlenderten sie direkt am Wasser entlang. Manchmal benetzten die sachte auslaufenden kühlen Wellen behutsam ihre nackten Füße. Auf dem feuchten festen Uferboden war das Laufen weniger mühevoll, als weiter oben im lockeren trockenen Sand. Der Wind wehte ihnen leicht entgegen und ließ Jennies prachtvolle Haarmähne wie einen goldenen Wimpel hinter ihnen her flattern. Sie wirkten wie ein nettes Liebespaar, das, vertieft in zärtliches Gewisper, die Welt um sich her vergessen hatte.

10. Eheszenen

Was Jennie allerdings mit leiser Stimme erzählte, war alles andere als romantisches Liebesgeflüster. Während sie auf das unendliche blaue Meer hinausblickte, das sich, unbehelligt von allem menschlichen Leid, vor ihnen ausbreitete, wurden viele Erinnerungen in ihr wach.

Irgendetwas drängte sie, dem vertrauenswürdigen Mann an ihrer Seite davon zu berichten. Holger hörte der schlichten Schilderung der verschiedenen Stationen ihres jungen Lebens aufmerksam und innerlich bewegt zu. Jennie selbst stand schon bei ihrem ersten Wort mitten im Geschehen der Vergangenheit, so als gäbe es kein Heute und Jetzt.

Ubbo hat sie mit Einwilligung ihrer Eltern bei seiner Mutter auf Juist einquartiert. Auch ihre Hochzeit feiern sie hier. Es wird kein allzu prunkvolles Fest, weil die blutjunge Braut bereits hochschwanger ist. Ihre Schwiegermutter, eine arbeitssame Frau, führt ein strenges Regiment.

Sie bringt Jennie alles bei, was sie ihrer Meinung nach über Haushalt und Kinderpflege wissen muss.

Es ist eine harte Lehrzeit für das junge Mädchen. Nichts scheint sie der alten Frau gut genug zu machen. In der Nachbarschaft wird sie als Ausländerin angesehen und auch wegen ihrer Jugend nicht für voll genommen.

Die Insel Juist empfindet die Großstädterin als eine enge fremde Welt, in der sie sich schrecklich einsam fühlt. Selbst die Sprache der Einheimischen kann sie nicht verstehen. Wenn sie dabeisteht, tuschelt man im Geschäft neben ihr und wenn sie hinausgeht, reden sie hinter ihrem Rücken noch dreister.

Ihre Freundin Ellen fehlt ihr sehr und seltsamerweise vermisst sie sogar ihre frechen Brüder. Die eigenen Eltern haben sich tief enttäuscht von ihr abgewandt. Sabrina, das kleine ewig schreiende Etwas in der alten Wiege, bildet keinen Ersatz für all die anderen Beziehungen und kleinen unschuldigen Mädchenfreuden, die sie hinter sich lassen musste.

Auch die Arbeit in der Pension ist schwer und ungewohnt. Nur die Sommergäste mag sie sehr. Die verhalten sich freundlich, sprechen meistens hochdeutsch und stecken ihr manchmal sogar Trinkgeld zu. Weiter gibt man ihr keinen Pfennig Geld in die Finger.

"Du hast ja hier alles, was du brauchst", sagt Ubbo manchmal zu ihr, wenn er das Wirtschaftsgeld demonstrativ seiner Mutter abliefert. Sie bekommt ihn nur selten zu Gesicht. Wenn er mal längere Zeit auf Juist zubringt, spannt ihn die Mutter für Reparaturen am Haus ein, oder er muss bei irgendwelchen Nachbarn mithelfen. Er interessiert sich nicht besonders für sie und das Baby. Alle diesbezüglichen Probleme scheint er vollständig an seine Mutter abgetreten zu haben.

Nur nachts, wenn Jennie neben ihm im Bett liegt, tastet er manchmal im Dunkeln nach ihr. Obwohl sie sich meistens schlafend stellt, wirft er sich dann plötzlich über sie, um heimlich und schnell seine sexuelle Begierde an ihr zu befriedigen. Auch wenn es lange nicht mehr so schmerzt wie beim ersten Mal, wünscht sie häufig voll Ekel, dass er überhaupt nicht mehr da sei.

Sie ist froh, dass es sich nur um wenige kurze Momente handelt. Die Schwiegermutter liegt Ubbo nämlich dauernd in den Ohren, keinesfalls ein zweites Kind zu zeugen. Sie verlangt deshalb, dass die Eheleute zur Kontrolle bei geöffneter

Zimmertür schlafen, wofür ihr Jennie ehrlich dankbar ist.

Natürlich wird sie trotzdem wieder schwanger. Als Jennies Bauch sich merklich zu wölben beginnt, wird die Stimmung im Haus unerträglich. Die junge Frau wird als ausgekochtes Luder beschimpft, welches den Mann ins Verderben stürze. Dann spricht die Schwiegermutter eine Woche lang kein Wort mehr mit ihr.

Jennie fühlt sich so elend und ausgeliefert, dass sie das Kind am liebsten abtreiben würde. Aber sie ist bereits im sechsten Monat schwanger. Fast genau zwei Jahre nach Sabrina kommt die kleine Nadine, auch in einer komplikationslosen Hausgeburt, auf Juist zur Welt.

Ubbo muss sich ebenfalls die Vorwürfe seiner Mutter anhören. Jedoch kann sie ihrem Sohn nie lange böse sein. Bei der anschließenden Versöhnung beschließen beide, dass es so wie bisher nicht weitergehen kann. Die Pension wird nach reiflicher Überlegung verkauft und Ubbo baut das große Haus in Aurich für seine Familie.

Jennie hofft für einen Augenblick, dass sich dadurch für sie etwas ändert, aber schon beim Einzug, fühlt sie sich darin getäuscht. Auch hier geht alles nach dem Willen der Schwiegermutter. Sie selbst bleibt lediglich eine bessere Dienstmagd — in Aurich allerdings ohne die zahlreichen Sommergäste und deren willkommenes Trinkgeld.

Jede Kleinigkeit muss sie von der Schwiegermutter erbetteln. Alle Ausgaben untersucht die strenge Frau erst einmal gründlich auf ihre Notwendigkeit. Zum Einkaufen darf Jennie sowieso nie allein gehen, denn sie achtet angeblich nicht genug auf die Sonderangebote.

Notgedrungen verlegt sich Jennie nach und nach auf eine raffinierte Taktik, um kleine materielle Zuwendungen zu erlangen.

Ubbo verbringt inzwischen fast jedes Wochenende Zuhause, weil die beschwerliche Überfahrt, mit der nur unregelmäßig verkehrenden Fähre nach Juist, jetzt wegfällt. Außerdem nimmt sie auf seine Anweisung seit dem zweiten Kind die Pille.

Mittels weiblicher Intuition, hinter der inzwischen sittsam geschlossenen Schlafzimmertür, findet sie heraus, wie sie ihren Mann im Bett behandeln muss, damit er für ihre kleinen Wünsche gefügig wird.

Da sie nun ab und zu ein schönes Kleidungsstück, ein Paar neue Schuhe oder einen hübschen Modeschmuck als Liebeslohn erhält, freut sie sich manchmal sogar auf das Wochenende und denkt sich schon im Voraus einige verführerische Spezialbehandlungen für Ubbo aus. Der lässt sich von ihr um den Finger wickeln, sobald seine Mutter nicht in der Nähe ist. Im Grunde ist er auch sehr gutmütig und spielt jetzt sogar manchmal mit Sabrina, die inzwischen laufen und sprechen kann. Das Baby ist ihm jedoch nicht ganz geheuer.

Nur wenn Ubbo zu viel Alkohol trinkt, wird er unberechenbar. Dann kann er ohne jeglichen Grund schrecklich aggressiv reagieren. Glücklicherweise verhindert seine Mutter meistens, dass Schnaps im Haus ist.

Fast drei Jahre lebt Jennie auf diese Weise in Aurich, und ihre beiden Mädchen machen ihr inzwischen viel Freude. Die grantige Schwiegermutter geht mit den kleinen Enkelinnen unerwartet liebevoll um, so dass sich der Alltag allmählich etwas freundlicher gestaltet.

Auch die Nachbarn sind hier nicht so abweisend und fremd für die inzwischen herangereifte hübsche junge Frau. Vor allem stecken sie nicht mit ihrer Schwiegermutter die Köpfe zusammen. In den Geschäften wird zwar manchmal auch Plattdeutsch gesprochen, doch hat sie sich daran inzwischen gewöhnt.

Es gibt in ihrer Vorstadt-Siedlung viele junge Mütter, die nicht aus Aurich stammen. Als Sabrina in den Kindergarten geht, baut Jennie sogar zu einigen von ihnen eine freundschaftliche Beziehung auf.

Dann erkrankt ihre Schwiegermutter plötzlich an Krebs. Eine Operation ist nicht mehr möglich und innerhalb kürzester Zeit wird sie zum Pflegefall. Ubbo lässt auf seiner Baustelle im Ruhrgebiet alles stehen und liegen, um Jennie bei der Betreuung der geliebten Mutter zu unterstützen. Daraufhin wird ihm die Arbeit gekündigt.

Während er die kranke Frau unter entsetzlichen Schmerzen jämmerlich zugrunde gehen sieht, muss er sich auch noch um eine neue Stellung bemühen. Glücklicherweise findet er einen Job bei einem Bauunternehmer vor Ort. Die Bezahlung ist zwar nicht hervorragend, aber das aufwendige Pendeln zwischen Arbeitsplatz und Wohnort hat damit glücklicherweise ein Ende.

Jennies kleine Welt krempelt sich in dieser schweren Zeit völlig um. Die Schwiegermutter ist jetzt von ihr abhängig und dankbar für jede Handreichung. Die junge Frau muss plötzlich erwachsen werden und selbst den gesamten Haushalt verwalten. Da sie keinerlei Übung im Umgang mit Geld hat, rinnt es ihr anfangs wie Sand durch die Finger. Schon zur Mitte des Monats weiß sie oft nicht mehr, wovon sie die Familie ernähren soll. Sie hat außerdem bei mehreren Versandhäusern Ratenzahlungen abzuleisten, die ihre Möglichkeiten eigentlich übersteigen.

Als die Schwiegermutter, nach einigen Monaten des aussichtslosen Kampfes, verstirbt, fasst Jennie sich endlich ein Herz und spricht mit Ubbo über die verfahrene finanzielle Situation. Sie weiß, dass er von der alten Frau ein ansehnliches Sümmchen geerbt hat und hofft, die Schulden damit aus der Welt schaffen zu können.

Leider ist Ubbo seit der Beerdigung nicht mehr richtig nüchtern gewesen, und so rastet er völlig aus, als Jennie ihm vorsichtig ihre prekäre wirtschaftliche Lage schildert. Er beschimpft sie so laut, dass sie sich vor den Nachbarn schämt und die Fenster schließt. Dadurch gerät er erst richtig in Rage, ballt wutentbrannt seine mächtige

Faust, holt plötzlich aus und schlägt ihr mitten ins Gesicht.

"Ich krachte gegen den Küchenschrank. Die Nase blutete. Ein paar Zähne wackelten auch. Alles tat mir weh. Da hab ich's aufgegeben, ehrlich mit Ubbo zu sprechen. Ich hab die Sachen lieber nur noch hinten herum erledigt. Und etwas sparsamer bin ich dann auch geworden."

Holger war ziemlich entsetzt von diesen erschreckenden Szenen ihrer Ehe. Er hatte Jennie mehrfach unterbrochen, um sich ungläubig zu vergewissern, ob er sie auch nicht missverstanden habe. Jetzt nahm er die zarte Frau wie ein Kind tröstend in seine Arme und drückte sie liebevoll an sich.

Sie legte jedoch kokett den Kopf in den Nacken, um ihm den verführerischen Mund zum Kuss anzubieten. Zögernd beugte er sich zu ihr herab und versank in ihren weichen Lippen. Sie saugte sich an ihm fest wie ein kleiner Fisch, der gierig sein aufgerissenes Mäulchen an die Glaswand eines Aquariums presst.

Holgers sichtbare hormonelle Reaktion ließ nicht lange auf sich warten. Diesmal spürte Jennie die Schwellung gleichzeitig, weil sie ihren Körper dicht an seinen schmiegte. Sie fuhr vorsichtig mit der Hand in seinen Badeshorts und tastete geschickt nach dem steifen Glied. Holger löste sich ruckartig von ihren Lippen und sah sich erschreckt um. Überall waren Leute zu sehen.

"Komm, lass uns schnell ins Wasser gehen", murmelte er nur und eroberte mit drei großen Sprüngen das feuchte Element.

Jennie stand einen Moment verwirrt da. Man sah ihr die die Enttäuschung deutlich an. Sie überlegte, ob sie vielleicht mit ihrer zärtlichen Berührung einen Fehler gemacht habe. Ubbo hätte das sicherlich gefallen, aber Holger reagierte ganz anders. Schließlich machte sie entschlossen kehrt und spazierte ohne Eile zu den Strandkörben zurück.

11. Kinderspiele

Er schwamm zur Beruhigung mit kräftigen Zügen parallel zu ihr im seichten kühlen Wasser. Ab und zu warf er einen Blick zum Ufer, sich ihrer Gegenwart vergewissernd und um die Orientierung in den sanft schaukelnden Wellenausläufern nicht zu verlieren. Sabrina, Nadine und Tobias rannten ihrer Mutter schon von weitem entgegen.

"Wo ist denn der Holger?", fragte die Älteste misstrauisch.

Jennie deutete statt einer Antwort nur mit dem Zeigefinger in seine Richtung, dann nahm sie Tobias an ihre Hand und stapfte mit ihm zum Strandkorb.

"Komm schon, Nadine, wir gehen auch ins Wasser", bestimmte Sabrina und zog die jüngere Schwester mit sich. Schnell näherten sich die beiden Mädchen und begannen Holger zu bespritzen, indem sie kräftig mit den Füßen plantschten. Der nahm die Aufforderung zum Kampf an, und so begann zwischen ihnen eine fröhliche Wasserschlacht mit anschließendem Wettschwimmen. Der erwachsene Mann hätte bequem die Oberhand behalten können, er war aber geschickt genug, Sabrina den Sieg zu überlassen.

Theatralisch reckte sich die Zehnjährige anschließend aus dem hüfthohen Wasser und streckte Holger majestätisch ihre nasse Hand entgegen. "Ich hab gewonnen! Du musst mir gratulieren!"

"Na, herzlichen Glückwunsch, Meisterschwimmerin! Du willst wohl die Nachfolgerin der berühmten Franzi werden", zog er sie auf.

"Das kann vielleicht sein. Ich nenn mich dann Sabri von Uphoff." Sie wölbte ihre kindliche Brust vor und schenkte ihm einen eingebildeten Augenaufschlag. Dann schöpfte sie blitzschnell etwas Salzwasser mit der hohlen Hand, spritzte es ihm hinterhältig in die Augen und wollte sich davonmachen.

"Oh, warte nur, du falsche Nixe. Ich hab dich gleich!" Holger stürzte sich lachend auf sie und tauchte sie zweimal kurz unter. Sofort mischte sich auch die schüchterne Nadine in das Gerangel ein. Von hinten besprang sie Holgers Rücken, um ihrer Schwester beizustehen. Der packte sich unter jeden Arm ein zappelndes Mädchen und stapfte damit an Land. Vorsichtig ließ er sie in den warmen Sand kullern.

"Iiii, jetzt sind wir ja paniert wie Fisch!", zeterte Nadine. Sabrina drehte ihm nur eine lange Nase und rannte zu den Duschen, damit sie zuerst dort ankam.

"Warte auf mich, Sabrina!" Die zarte Schwester hatte Mühe, das Tempo der kräftigen mitzuhalten.

Holger stand amüsiert da und sah ihnen nach. Er fühlte sich einfach wundervoll — so jung, dynamisch und frei, wie schon seit Jahren nicht mehr. Wenn er ganz ehrlich sein sollte, musste er sich eingestehen, dass es ihm selbst als Kind selten so gut gegangen war, höchstens vielleicht in den Schulferien bei seinen Großeltern in Bayern. Dort hatte er das Leben in der freien Natur, mit den Tieren und vielen fröhlichen Spielgefährten jeden Sommer genossen.

Er stellte sich unter die eiskalte Süßwasserdusche und spülte die wehmütigen Erinnerungen gleich mit dem Salz ab.

"Holger, baust du mit uns 'ne richtige Sandburg? Wir schaffen's nicht allein", bettelten die Kinder.

"Dazu benötigt man vernünftige Schaufeln. Die kleinen Schüppchen taugen nicht dafür." Er versuchte, sich um die unbequeme Arbeit herumzudrücken. Aber dem enttäuschten Kinderblick aus Nadines dunklen Augen konnte er nicht standhalten. Also machte er sich notgedrungen mit dem ziemlich ungeeigneten Plastikspielzeug an die mühsame Schaufelei. Alle drei Kinder halfen begeistert mit — ohne zu streiten.

Jennie saß in einigen Metern Entfernung scheinbar in ihren Arztroman vertieft. In Wirklichkeit beobachtete sie die muntere Szene sehr genau. Im ersten Moment hatte unbändige Eifersucht sie gepackt, als die Mädchen Holger noch länger für sich beanspruchten. Später siegten selbstlose Muttergefühle. Nun war sie glücklich über das harmonische Bild ihrer freudig buddelnden Lieben. Besser könne sich die Sache doch gar nicht entwickeln, sagte sie sich immer wieder und konnte ihr plötzliches Glück kaum fassen.

Die Sandburg wurde nicht besonders groß aber sehr hübsch. Nadine und Tobias hatten zwischendurch fleißig Muscheln und Federn für die Verzierung gesammelt, während Sabrina die ganze Zeit über kräftig ihre bloßen Hände beim Bauen einsetzte. Holger schlug den Namen „Jennie" vor und legte ihn, nach einmütiger Zustimmung der Mädchen, aus makellosen weißen Muscheln groß und leuchtend auf die äußere Rundung der Burg. Nachdem auch die Kinder ihre Ziermuster angebracht hatten und sämtliche Teile verbraucht waren, stürmten sie zum Strandkorb um die lesende Mutter zu holen.

"Mama, du musst unsere tolle Sandburg angucken, komm schon! Rate mal, wie die heißt!", bedrängten sie Jennie von allen Seiten. Die lachte nur und folgte der Kinderschar zu dem vergänglichen Sandgebilde.

Holger hockte dort mit verschränkten Beinen, eine lange Feder hinter dem Ohr, wie ein einsamer Indianer und erwartete die Meute mitten in der Burg. Mit leuchtenden Augen sah Jennie ihren Namenszug in der Sonne glänzen. Sie war so bewegt, dass ihr beinahe Tränen kamen.

"Wunderschön!", brachte sie nur heraus, während sie die Sandburg still betrachtete. "Einfach wunderschön!"

Holger erhob sich aus dem Schneidersitz und begann zur Bekräftigung mit einem durchdringenden Indianergeheul, wobei er albern mit der flachen Hand gegen seinen offenen Mund schlug. Sabrina, Nadine und Tobias umringten ihn laut jubelnd.

"Deine prächtigen Kinder haben sich nach der harten Arbeit eine Belohnung verdient. Wer kommt mit mir Eis holen?", unterbrach er schließlich das Geschrei.

Jennie drängte sich rasch dazwischen und drückte ihm einen Kuss auf die Wange.

"Danke, du bist sehr lieb zu uns", flüsterte sie vor Rührung zerfließend.

Holger kaufte für die ganze Rasselbande Eis. Dann saßen die beiden Erwachsenen noch eine Weile ruhig nebeneinander im Strandkorb und sahen dem Spiel der Kinder entspannt zu.

"Was hältst du davon, wenn wir bald mit dem Schiff übersetzen und ich euch in Norddeich zum Abendessen einlade?", fragte Holger, denn er verspürte allmählich großen Hunger.

Da Jennie und die Kinder einverstanden waren, packten sie kurze Zeit später ihre Sachen zusammen, zogen sich an und marschierten in gewohnter Weise zum Anleger.

Die Überfahrt war ziemlich kühl, denn die Sonne verlor schon an Kraft und der Seewind frischte merklich auf. Eng aneinander geschmiegt kauerten sie bester Laune unter der sandigen karierten Decke, jeder vom anderen ein wenig Körperwärme erheischend.

Die Mädchen erzählten sich die ganze Fahrt über alte Witze, deren Pointen, irgendwo auf dem langen Weg der ständigen Weitergabe von Kind zu Kind, völlig verdreht wurden oder gänzlich verloren gingen.

Holger fühlte sich, trotz der unbequemen Sitzhaltung, pudelwohl und wunderbar geborgen. Er spürte plötzlich, was Menschen dazu veranlasste, auf viele materielle Vorteile zu verzichten, um in einer solchen Familie zu leben.

12. Sternstunden

Als sie das Gedränge beim Verlassen der Fähre hinter sich gelassen hatten, steuerte Holger schnurstracks das erstbeste Fischrestaurant in der Nähe des Hafens an. Sie waren alle ziemlich müde und froh in der hellen warmen Gaststube einen freien Tisch zu ergattern.

Holger und Jennie hatten sich schnell für zwei Schollengerichte entschieden, aber die Mädchen wussten nicht, was sie wollten. Als die Kellnerin schon mit Block und gezücktem Stift wartend an ihrem Tisch stand, meinte Sabrina plötzlich überlaut: "Blöd, dass die keine Fischstäbchen haben!"

Die Bedienung rümpfte leicht beleidigt die Nase.

"Die Kinder könnten Fischfrikadellen wählen. Die sind auch völlig ohne Gräten und selbstverständlich täglich frisch zubereitet", empfahl sie etwas schnippisch.

"Ja, ja nehmen wir. Dreimal bitte mit Pommes frites", bestellte Jennie hastig und warf den Kindern einen strafenden Blick zu. Die maulten zwar noch ein wenig, aßen dann aber alles brav auf. Die Reste vom Teller des kleinen Tobias verspeiste Sabrina noch zusätzlich.

Als die Kellnerin das üppige Trinkgeld erhielt, war sie wie ausgewechselt. Sie bedankte sich überschwänglich, wünschte ihnen noch einen wunderschönen Abend und hielt sogar wie ein Butler die Tür auf.

Glücklicherweise hatten sie es nicht weit bis zum Parkplatz, denn Tobias fielen auf Holgers Schultern dauernd die müden Äuglein zu, so dass er hin und her schwankte, wie ein betrunkener Seemann und beinahe abzustürzen drohte. Auf dem Rücksitz des Wagens schlief er zwischen seinen Schwestern sofort ein. Die beiden Mädchen folgten ihm schon bald in Morpheus schillerndes Reich.

Jennie saß schweigsam neben Holger und genoss die ruhige Fahrt, die letzten Farbwölkchen des purpurnen Sonnenunterganges in ihrem Rücken und vor sich den dicken satt goldenen Mond von zahlreichen erwachenden Sternen umgeben.

"Wie hübsch der Himmel heute Abend aussieht. Am liebsten würde man hinauffliegen und die

Sterne abpflücken ...", murmelte sie kaum verständlich.

Astronomie war eines von Holgers Lieblingsthemen. Ein großer Teil seines unregelmäßigen Einkommens floss in dieses Hobby. Er besaß ein eigenes ganz passables mit Kamera kombiniertes Teleskop. Das benutzte er, in Erfolg versprechenden Nächten, zur stundenlangen Beobachtung und Ablichtung des Himmels durch ein Dachfenster in Saskias Haus.

Regelmäßig las er verschiedene Magazine mit den neuesten wissenschaftlichen Veröffentlichungen zu diesem Thema. Und in letzter Zeit waren, durch den enormen technischen Fortschritt, die Berichte oft geradezu revolutionierend. Manchmal unternahm er sogar kostspielige Reisen, um bestimmte seltene Himmelsphänomene an Ort und Stelle betrachten zu können.

Leider teilte Saskia seine Leidenschaft für die Gestirne nicht im geringsten.

"Ach ja, die lieben Sternchen locken dich mal wieder!", bemerkte sie oft fast boshaft, wenn er abends nicht gleich mit ihr zu Bett ging, sondern noch kurz einen Blick auf den Himmel werfen wollte. Ausführlich geredet wurde Zuhause sowieso nur über Saskias berufliche Erfolge oder Schwierigkeiten.

Wenn er von einer spektakulären Neuentdeckung fasziniert war, hatte er kaum zwei Worte geäußert, dann hörte er den Satz: "Ach bitte Holgi, verschone mich jetzt mit diesem Unsinn. Mir wäre es wirklich lieber, du würdest deine Aufmerksamkeit intensiver auf irdische Phänomene richten. Ich habe gerade den Kopf voller wirklicher Probleme!"

Ermutigt durch Jennies hilfloses Schweigen, angesichts der Pracht des unendlichen Firmaments, begann es nun aus ihm herauszusprudeln. Bis sie das Haus in Aurich erreichten, hielt Holger einen exzellenten engagierten Vortrag über Astronomie, der bei jeder Erstsemester-Vorlesung tosenden Beifall ausgelöst hätte. Jennie saß mit vor ungläubigem Erstaunen geweiteten Augen andächtig neben ihm und lauschte ohne das meiste zu verstehen.

Was wusste sie schon vom galaktischen Urknall, von Sternenhaufen, Galaxien, dunkler Materie, schwarzen Löchern und Spiralnebeln? Die Bezeichnungen rote Riesen und weiße oder braune Zwerge verband sie bestenfalls mit exotischen Märchenfiguren. Sie hütete sich aber, ihn durch irgendeine dumme Frage in seinem enthusiastischen Report zu unterbrechen. Zum Abschluss, noch immer in Begeisterung gefangen, sah er sie strahlend an und meinte: "Wenn es einen Gott gibt, dann äußert sich seine Majestät noch am ehesten in den geheimnisvollen Weiten unseres unerklärbaren wundervollen Universums!"

"Wie klug du doch bist!", seufzte sie voll inbrünstiger Überzeugung nach einer winzigen bewundernden Pause. Dann ergriff sie seine Hand und drückte einen demütigen Kuss darauf, gerade so, als habe ihr ein König seine Rechte gnädig entgegen gestreckt.

Holgers Emotionen lagen in diesem Augenblick völlig bloß. Er ging erregt um den Wagen herum und zog die verklemmte Tür auf. Ehe Jennie begriff, wie ihr geschah, lag sie in seinen Armen und spürte warme wonnigliche Küsse auf ihrer nackten Haut. Eine Weile standen sie so, innig miteinander verwoben, unendlich hungrig nach Zärtlichkeit, als wolle einer den anderen verschlingen. Dann wurde knarrend eine Wagentür geöffnet. Sabrina war aufgewacht.

"Mama? Sind wir schon Zuhause?" Sie stieg aus dem Auto und wischte sich laut gähnend die Augen.

Die Liebenden traten schuldbewusst einen Schritt auseinander, als habe man sie bei etwas Verbotenem ertappt.

"Ja, wir holen nur noch die Rucksäcke aus dem Wagen. Warte ich geb' dir den Schlüssel, dann kannst du schon rein." Jennie machte sich verlegen am Kofferraum zu schaffen. Inzwischen krabbelte auch Nadine schlaftrunken aus dem Wagen. Die Mädchen nahmen ihre Gepäckstücke und verschwanden im Haus. Einige Fenster wurden hell.

"Ich kann den Kleinen hinein tragen, nimm du nur das Gepäck", bot sich Holger an. Sie schlossen die Wagentüren und gingen nacheinander zum erleuchteten Hauseingang. Tobias schlief in Holgers Armen weiter.

"Am besten legen wir ihn so ins Bett, sonst wird er noch wach." Jennie schritt federleicht vor ihm her die Treppe hinauf zu den Kinderzimmern. Sie öffnete die Tür ohne den Lichtschalter zu betätigen. Im Halbdunkel sah Holger ein Holzgitterbettchen an der Wand stehen. Vorsichtig bettete er den schlafenden Jungen hinein. Jennie zog ihm die Sandalen aus, deckte ihn zärtlich zu und lehnte die Tür beim Verlassen des Raumes nur leicht an.

13. Tee am Abend

Sabrina und Nadine waren schon in ihren Zimmern verschwunden. Alles wirkte friedlich und still. Jennie löschte beim Hinabgehen hinter sich die Lampen.

"Soll ich dir einen Kaffee machen?" Sie standen sich etwas linkisch unter der unangenehm grellen Flurbeleuchtung gegenüber. Holger zuckte unentschlossen die Achseln. Kaffee um diese Zeit war nicht gerade sein Ding. Andererseits wäre er gern noch etwas mit Jennie zusammengeblieben.

"Vielleicht hast du Tee?" Er fragte sehr vorsichtig, um sie nicht etwa in Verlegenheit zu bringen.

"Selbstverständlich! Wir sind doch in Ostfriesland", kam die prompte Antwort.

Jennie ging vor ihm her in die Küche. Holger konnte sein Erstaunen kaum verbergen. Dieser Raum wirkte völlig anders als alles, was er bislang vom Haus gesehen hatte. Die Kücheneinrichtung war nicht neu, nicht supermodern und auch vom Design her eher unauffällig. Aber

überall hingen bunte Bilder und kleine Bastelei-
en, die Jennie irgendwann einmal von den Kindern geschenkt bekommen hatte. Das große
Fenster und die Terrassentür waren behängt mit
allerlei Tinnef: klein, bunt und wertlos. Auf der
Kieferneckbank und den Stühlen lagen putzige
geblümte Kissen, die farblich nicht ganz zur
Wachstuchdecke passten. Es war sauber und
irgendwie gemütlich. Die Korbhängelampe über
dem Esstisch verbreitete ein mildes Licht.

"Du kannst dich ruhig setzen, kostet dasselbe!"
Jennie lachte ihm aufmunternd zu. Er nahm auf
der Bank vor dem Fenster Platz und beobachtete
sie bei der Zubereitung des Ostfriesentees.

Jennie wählte eine kleine Kanne, spülte sie mit
warmem Wasser aus und gab drei Löffelchen voll
Teeblätter hinein. Dann goss sie etwas von dem
sprudelnd kochenden Wasser darüber. Nun stellte sie die Teekanne für circa fünf Minuten auf
den Wasserkocher, damit sie schön warm blieb,
und ließ den Teeansatz gut durchziehen. In der
Zwischenzeit holte sie mit traumatischer Perfek-
tion die Tassen aus dem Schrank und platzierte
sie auf dem Tisch. Dazu stellte sie eine kleine
Kristallschale mit großen weißen Kandisstücken
und ein zierliches Sahnekännchen mit einer Mi-
niatur-Schöpfkelle.

Danach wendete sie sich behände wieder dem Tee zu, schüttete erneut heißes Wasser darauf und kam mit der gefüllten Kanne zum Tisch. Sie legte in jede der beiden dünnwandigen Porzellantassen ein Zuckerstück. Anschließend gab sie den dampfenden dunkelbraunen Tee über den knisternden Kandis. Die Teeblätter wurden dabei von der mit einem speziellen kleinen Metallbesen verstopften Tülle zurückgehalten. Zum Schluss ließ Jennie in jede Tasse noch ein wenig Sahne gleiten und stellte dann den Teetopf auf den Wasserkocher zurück.

Es lag eine gewissen Andacht in der gesamten Zeremonie, vielleicht, weil jeder ihrer Handgriffe so oft geübt war, dass der korrekte Ablauf auch im Schlaf möglich gewesen wäre oder weil während dessen fast absolute Stille herrschte. Das sprudelnde Kochen des Wassers und das leise Klappern des Geschirrs erschien Holger geradezu lärmend, gegenüber dem geheimnisvollen Knistern der schmelzenden Kluntjes im heißen Tee.

"Schmeckt dir der Tee?" Jennies leise Frage schreckte Holger aus seinen andächtigen Betrachtungen.

"Oh, ja, er ist ausgezeichnet! Vielen Dank, dass du dir so viel Mühe gemacht hast." Holger griff nach ihrer schmalen Hand und streichelte sie.

Sie kannte solch kleine Zärtlichkeiten nicht. Ubbo hatte ihr, wenn er sehr guter Laune war, manchmal einen derben Klaps auf das Hinterteil gegeben und dabei laut lachend gegrölt: "Alter Handwerksbrauch, haha!" Zärtliches Streicheln, liebevoll sanftes Umarmen, dankbares Küssen — so etwas war Jennie von ihrem Mann überhaupt nicht gewöhnt. Selbst beim Sex hatte er Berührungen immer auf das Nötigste beschränkt oder völlig ihr überlassen.

Verwirrt und erregt sah sie in die Augen des Mannes mit den zärtlichen Händen. Hier erahnte sie verführerische Welten, die ihr noch total verborgen waren.

Wie hypnotisiert erhob sie sich zwanghaft von ihrem Stuhl und kam auf Holger zu. Der konnte ebenfalls seinen erwartungsvollen Blick nicht von ihr wenden, bis ihr Mund sich auf seinen presste.

Er zog seine Beine unter dem Tisch vor und rutschte an die Kante der Bank. Ohne merkliches Gewicht setzte sich die Geliebte auf seine Knie. Ihre Lippen hatten sich während des Stellungswechsels nicht einen Millimeter voneinander

132

entfernt. Als hätten sie unbändige Angst einander zu verlieren, schmiegten sich die beiden Liebenden innig aneinander und umklammerten ihre sehnsüchtigen Leiber mit zärtlichen Armen.

Längere Zeit hielt so einer den anderen fest an sich gepresst, bis Holger damit begann, Jennies erotischen Körper gefühlvoll mit seinen Händen tastend zu erkunden. Auch sie lockerte die Umklammerung, um sich ganz auf sein zärtliches Spiel einzulassen.

Dann begann er vorsichtig die Knöpfe ihres leichten Kleides zu öffnen. Sie erhob sich geschmeidig wie eine Katze, damit es zu Boden gleiten konnte. Nun stand sie wieder als rosa umwickeltes Toffee vor ihm. Er zog sie liebeshungrig an sich und küsste voller Lust die zarten Wölbungen ihres Dekolletés.

Ohne Vorwarnung öffnete sie mit demselben geschickten Griff, wie am Strand, das Oberteil. Ihre wohlgeformten Brüste mit den kleinen harten Knospen wippten genau neben Holgers Kinnspitze. Er glaubte ohnmächtig zu werden vor fleischlicher Begierde. Sein Verstand setzte aus, und er wurde für einige Minuten nur noch von niederen Trieben beherrscht.

Mit beiden Händen griff er zu. Dann saugte sich sein heißer Mund abwechselnd an ihren beiden Brüsten fest. Jennie atmete lustvoll und setzte sich breitbeinig auf seinen Schoß. Sie spürte durch die leichte Hose wie sich sein harter Penis gegen ihre Scheide presste.

"Jennie, lass es uns tun, sonst sterbe ich!", stöhnte Holger laut und versuchte ihr das Höschen herunterzustreifen.

"Warte einen Moment! Hast du Pariser dabei? Ich nehm' nämlich nicht mehr die Pille und heute ist's gerade sehr gefährlich."

Jennie sah ihn flehend an. Beinahe hätte sie sich selbst vergessen, so wundervoll waren seine zärtlichen Berührungen, aber eine Schwangerschaft konnte sie in ihrer Situation unmöglich riskieren. Sie hoffte inständig, dass er vernünftig würde.

"Nein, auch das noch!" Holger hatte gewöhnlich keine Kondome bei sich, wenn er einen Fall lösen wollte. Er war bisher ein durch und durch treuer Mann gewesen. Nicht auszudenken, dass Saskia wohlmöglich derartige Dinge in seinem Handschuhfach finden könnte und einen hysterischen Anfall bekam!

Bei dem Gedanken an Saskia verging ihm spontan die Lust. Was blieb war ein quälend schlechtes Gewissen. Er stand auf, ordnete verlegen seine verknitterte Kleidung und blickte Jennie enttäuscht an.

"Vielleicht ist es besser so. Ich werde dann jetzt gehen."

"Aber wir sehen uns doch wieder, ja?" Jennie sah verzweifelt aus.

"Ich bin wahrscheinlich nur noch bis Mittwoch in der Stadt ...", meinte Holger matt.

"Bitte! Du könntest mir morgen einen Gefallen tun und mich zum Einkaufen fahren. Mein Auto ist doch noch in Reparatur." Sie wusste, dass er diese Bitte nicht abschlagen konnte.

Sie verabredeten sich für nachmittags, trennten sich dann ziemlich frustriert voneinander und Holger schlich mit hängendem Kopf in sein ungemütliches Pensionszimmer zurück.

14. Fahrt in die Umgebung

Beim Frühstück sah sich Holger seiner höhnisch grinsenden Wirtin gegenüber. Er hatte einen gehörigen Sonnenbrand und wirkte sehr übernächtigt.

"Ach, war wohl etwas anstrengend, das Wochenende?", bemerkte die Alte mit spöttischem Unterton. "Sicher haben Sie viele schöne Bilder gemacht."

Natürlich hatte sie seine Fotoausrüstung unangetastet im Zimmer stehen sehen, als sie an den beiden vergangenen Tagen sein Bett machte.

"Ich habe mir ein wenig die herrliche Gegend angesehen. Gestern war ich bis abends auf Norderney. Wirklich sehr hübsch alles", nuschelte er mit vollem Mund. Dabei vermied er es tunlichst, der lebenserfahrenen Frau direkt in die Augen zu sehen. Vielmehr wandte er scheinbar seine ganze Aufmerksamkeit dem warmen Ei zu und traktierte es mehrmals heftig mit dem leichten Plastiklöffel. Die harte unschuldige Schale gab trotz der spürbar aggressiven Schläge nicht nach. Da nahm er kurzerhand sein Messer und trennte mit einem kraftvollen gezielten Hieb einfach die Spitze ab. Frau Jansen hatte ihn mit allwissendem Lächeln beobachtet und reichte ihm nun gnädig das Salz.

"Ja, wir haben es wirklich hier fast wie im Paradies — wenn nur die vielen Touristen im Sommer nicht wären", meinte sie hämisch, drehte ihm demonstrativ ihren breiten geblümten Rücken zu und sah, wie um sich ihrer eigenen Worte noch einmal zu vergewissern, aus dem Fenster.

"Aber Sie leben doch auch von den Touristen gar nicht so schlecht." Holger konnte sich diesen leichten Seitenhieb nicht verkneifen.

Sie murmelte etwas Unverständliches auf plattdeutsch und verließ dann mürrisch das Frühstückszimmer.

"Schönen Tag auch noch", brummte sie schon auf dem Flur, ohne die geringste Spur von Freundlichkeit.

Holger war froh, allein zu sein. Er frühstückte in aller Ruhe zu Ende und überlegte sich dabei, wie er den Tag am besten ausfüllte.

Zuerst sah er bei der Werkstatt vorbei, um die Jungs ein wenig zu motivieren. Man konnte ihm noch nichts genaues darüber sagen, wann sein Wagen voraussichtlich fertig würde.

Anschließend hatte er bis zum Nachmittag Zeit, sich ein wenig die Umgebung von Aurich anzusehen. Er wählte spontan die Bundesstraße in Richtung Emden. Es war ein ziemlich unruhiges Fahren an diesem Montagmorgen, deshalb beschloss er, irgendwo abzubiegen und nicht dem Hauptverkehrsstrom zu folgen.

So landete er mehr oder weniger zufällig bei der Kirche von Suurhusen. Ihm fiel sein Gespräch mit Saskia ein, als er den nach Westen stark geneigten alten Kirchturm erblickte. Der wuchtige Bau aus dem fünfzehnten Jahrhundert sah aus, als ob er jeden Moment umfiele.

Das Kirchengebäude selbst war noch älter. Es bestand nur aus einem einzigen Schiff und war vom Stil her romanisch. Saskia hätte wirklich ihre wahre Freude an der Besichtigung dieses architektonischen Kleinodes gehabt, dachte er, während er das ehrwürdige Gebäude in Augenschein nahm. Es lag genau im historischen Kern der kleinen Ansiedlung.

Nachdem er einen ausgiebigen Spaziergang unternommen hatte, setzte sich Holger in ein Eiscafé und trank Cappuccino. Ein wenig begann er Saskias anregendes intelligentes Geplauder zu vermissen. Wenn er sonst längere Zeit von ihr getrennt war, hatte er immer ausreichend Beschäftigung mit seinen Aufträgen oder seinem Hobby gehabt. Momentan kam er sich so leer und unnütz vor. Die Schuldgefühle seiner Lebensgefährtin gegenüber stiegen erneut sehr mächtig in ihm auf. Sie mochte ja manchmal wirklich unerträglich sein, aber gab ihm das ein Recht, sie so heimtückisch zu hintergehen?

Er leerte seine Tasse, zahlte und fuhr weiter Richtung Greetsiel. Dort wollte er zu Mittag frische Krabben essen. Der malerische Fischerort war an diesem Sommertag ziemlich überlaufen. In den kleinen interessanten Kunstgalerien und den bunten Andenkenläden drängelten sich die Touristen. Auf dem Siel waren etliche Tretboote unterwegs. Vor den Eisläden standen geduldig wartende Menschenschlangen. Und die einladenden blitzsauberen Restaurants und Cafés, die auf Schiefertafeln mit allerlei Spezialitäten lockten, waren hoffnungslos überfüllt.

In sommerlich leichtem Outfit schlenderte Holger durch die rot geklinkerten Straßen, vorbei an gepflegten Klinkerhäuschen mit weißen blank geputzten Sprossenfenstern und liebevoll angelegten Vorgärten, Richtung Hafen. Der Autoverkehr war weitgehend aus dem Ortsinnern verbannt, dadurch konnten die Menschenströme relativ ungehindert fließen. Überall wuselten fröhliche Kinder umher. Holger stachen die glücklich wirkenden Familien schmerzvoll ins Auge. Als einsamer grauer Wolf schlich er an ihnen vorbei und beobachtete neidvoll, wie vertraut sie miteinander umgingen.

Endlich erreichte er ein kleines Geschäft in der Nähe des Hafens, das fangfrischen Granat anbot. Holger kaufte ein ganzes Kilo noch mit der Schale. Dann suchte er sich ein schönes Plätzchen am Hafen aus, setzte sich an den grünen Deich und begann emsig, erst etwas ungeschickt aber zunehmend schneller, das Krabbenfleisch aus den knackigen Hülsen zu pulen.

Von den Spaziergängern weitgehend unbeachtet, saß er dort, verspeiste die leckeren Schalentierchen eins nach dem anderen und betrachtete dabei die bunten Fischerboote im Greetsieler Hafen. Als noch etwa eine Hand voll Granat übrig war, hatte er allmählich die Nase voll vom derben Fischgeruch und der mühseligen Pulerei. Er warf die restlichen Krabben und die leeren Schalen ins Hafenbecken, packte die stinkende Plastiktüte in einen Abfallbehälter und machte sich auf den Rückweg. Seine Finger rochen bestialisch nach Fisch, obwohl er sie an einem Papiertaschentuch tüchtig abgewischt hatte.

Er betrat das nächstbeste Café, um seine Hände tüchtig mit Seife zu waschen. Es handelte sich um ein uriges schmales altes Häuschen mit verschiedenen kleinen Gasträumen auf mehreren Ebenen. Steile ausgetretene Holztreppen führten in die einzelnen Etagen. Die weiß getünchten Wände hoben sich hell und reinlich von den dunklen uralten Holzbalken der Deckenkonstruktion ab. Überall waren kleine Antiquitäten als Ausstellungsstücke dekoriert. Ein Hinweisschild machte auf eine Aquarellausstellung in den oberen Stockwerken aufmerksam.

Nachdem Holger die Toiletten gefunden und sich den Krabbengestank einigermaßen von den Fingern gewaschen hatte, sah er sich die hübschen pastellfarbenen Bilder an und bestellte anschließend eine Portion Tee. Er fand draußen auf der Terrasse ein freies Plätzchen unter einem riesigen bunten Sonnenschirm. Der süß herbe Tee spülte den Fischgeschmack hinunter und weckte seine mittäglich erschlafften Lebensgeister.

Eine ganze Weile hockte er einfach nur am Tisch und ließ seinen Gedanken freien Lauf. Sie drehten sich diesmal um Jennie und die Kinder. Er wäre so glücklich gewesen, wenn er sie zu einem Teil seines Lebens hätte machen können. Ihm leuchtete allerdings ein, dass er dann auf Saskia vollkommen verzichten musste. Das wiederum bereitete ihm einige Schmerzen.

Mit Jennie konnte er sicher viel Spaß haben, aber intellektuelle Gespräche waren mit ihr schlecht möglich. Und wie sollte er seinen außergewöhnlichen Job mit der Familie vereinbaren? Er würde dauernd für Tage oder Wochen unterwegs sein und musste die Lieben sich selbst überlassen. Vielleicht sollte er in seinen ehemaligen eintönigen aber soliden Beruf als Versicherungskaufmann zurückkehren? Das passte zu einem Familienvater wahrscheinlich besser.

Manchmal hatte ihn der Detektivberuf schon angeekelt. Immer wühlte er im Dreck herum und musste die Untaten seiner Mitmenschen ans Licht zerren. Nur die Tatsache, dass ihm diese gewissenlosen Betrüger meistens unsympathisch waren, konnte ihn bisher davon abhalten, eine andere berufliche Laufbahn einzuschlagen. Daneben spielte auch das zwar unregelmäßige aber nicht unbeträchtliche Einkommen eine Rolle.

Aber irgendwie konnte er sich manchmal des Gefühls nicht erwehren, der ständige Umgang mit dem Verbrechen mache ihn gefühllos und färbe auf seinen eigenen Charakter ab.

Seine Mutter würde in ihrem Grab im fernen Amerika, dem Land der ganz großen Stars und ihrer eigenen unerfüllten Hollywood-Träume, rotieren, wenn sie seine Überlegungen verfolgen könnte. Am liebsten hätte sie aus ihm einen großen Künstler gemacht. Aber Holger erwies sich bei all ihren diesbezüglichen Bemühungen als zentnerschwerer Bremsklotz.

Die wertvolle Geige verstaubte hoffnungslos auf dem Schrank seines Zimmers, weil er zum Geburtstag viel lieber einen Hund gehabt hätte. Seine helle klare Kinderstimme wurde mit Beginn der Pubertät für eine Gesangsausbildung gänzlich ungeeignet. Und selbst seine schauspielerischen Fähigkeiten stellten sich anlässlich einer kleinen Nebenrolle, die Mutter ihm durch Beziehungen verschaffte, als sehr dürftig heraus.

Er war eben ein lediglich mittelmäßig begabter, relativ unsportlicher, hübscher Junge, der noch dazu unter seiner Schüchternheit zu leiden hatte.

Die kaufmännische Ausbildung hatte seine Mutter als Makel empfunden, obwohl er sie mit einer hervorragenden Note abschloss. Nach der Lehre arbeitete er lange Zeit ziemlich unbeachtet aber sehr dienstbeflissen für einen großen Versicherungskonzern, ohne sich Gedanken darüber zu machen, ob er dabei glücklich war. Ihm gefiel das geordnete Leben besser, als die schillernde unbeständige Welt der Künstler, die er an der Seite seiner Mutter erlebt hatte. Erst die zufällige Begegnung mit Saskia hatte sein bürgerliches Dasein allmählich verändert.

Zwei junge Mädchen am Nachbartisch, die sich in einem breiten süddeutschen Dialekt stritten, rissen Holger aus seinen Gedanken. Er blickte auf die Uhr und stellte erschrocken fest, dass er sich beeilen musste um pünktlich bei Jennie zu sein.

15. Einkaufsvergnügen

"Soll ich noch Tee oder Kaffee machen, bevor wir losfahren?", fragte Jennie nach einer kurzen ziemlich verklemmten Begrüßung in der ungemütlichen Diele.

"Nein, danke, ich habe in Greetsiel Tee getrunken." Holger wollte den lästigen Einkauf schnell hinter sich bringen.

"Na, wohl nicht nur Tee getrunken. Du riechst nach Krabben."

"Du hast recht. Den Geruch bekommt man einfach nicht von den Händen!" Er schnupperte verlegen an seinen Fingern und versteckte sie dann in den Hosentaschen.

"Hier ist das Bad. Versuch's mal mit Ubbos Handreinigungspaste." Jennie öffnete die Badezimmertür und deutete auf eine Tube, die auf der Ablage über dem Waschbecken stand.

Holger wusch sich gründlich die Hände. Die Paste scheuerte gehörig an seiner Haut und duftete schön frisch nach Zitrone. Danach schien der penetrante Geruch verschwunden zu sein.

"Wir nehmen Tobias mit. Die Mädchen sind mit Freundinnen unterwegs", meinte Jennie, während sie dem Kleinen die Schuhe zuband. "Den Wäschekorb können wir einpacken, damit die Sachen nicht im Kofferraum hin und her fliegen."

Holger ergriff den bereitstehenden gelben Plastikkorb und stellte ihn in den Kofferraum. Jennie brachte den Kindersitz für Tobias mit und schnallte ihren Sohn auf dem Rücksitz fest.

Sie fuhren zu einem Einkaufszentrum am Stadtrand. Jennie holte einen Einkaufswagen und setzte Tobias hinein.

"Willst du denn nicht mitkommen?", fragte sie erstaunt, als Holger keinerlei Anstalten machte, aus dem Wagen zu steigen. "Es wird sicher etwas länger dauern!"

"Eigentlich finde ich das Einkaufen nicht gerade sehr interessant", murrte der. In dem alten stickigen Auto war es jedoch bei der Sommerhitze auch nicht eben angenehm. Also entschloss er sich, Jennie doch zu begleiten.

146

Mit geübtem Blick ging die junge Frau durch die Regalreihen und packte die Waren in den Einkaufswagen. Holger wurde es in diesen riesigen Läden immer ganz schwindlig. Aus der Fülle der verlockenden Angebote fand er meist nur unter größten Schwierigkeiten, was er eigentlich benötigte. Dazu kam, dass es in jedem Supermarkt eine andere Aufteilung gab. Manchmal musste man sich durch die riesige Nonfood-Abteilung zu den Nahrungsmitteln vorarbeiten. Dann wieder lockten beim Eingang frische Backwaren mit ihrem unwiderstehlichen Duft. Und meistens war er bereits eilig und verwirrt an den benötigten Artikeln vorbeigelaufen.

"Du kannst eben den Kaffee holen", bestimmte Jennie und deutete die Richtung an, während sie ihm noch schnell die gewünschte Marke nannte. Holger trottete unlustig los. Nach einiger Zeit fand er sich kopflos zwischen zwei riesigen Regalen mit Tierbedarf wieder.

Eine außergewöhnlich hilfsbereite Angestellte hielt ihn minutenlang mit einem gutgemeinten Vortrag über die Qualität des Hundefutters auf, bevor er sie endlich nach dem gesuchten Kaffee fragen konnte.

Wenn er mal dringend eine Beratung wünschte, war in diesen Mammutläden hingegen grundsätzlich nie jemand vom Verkaufspersonal zu finden! Nein, bequem erschien ihm das Einkaufen in solchen Geschäften nicht. Seinetwegen hätte man den guten alten Tante-Emma-Laden mit freundlicher persönlicher Bedienung nicht abschaffen müssen.

Jennie hingegen zeigte keinerlei Anzeichen von Überforderung. Als er sie endlich wiedergefunden hatte, wandte sie sich gerade geschickt nach rechts und links. Griff dort eine Flasche aus dem obersten Regal, während sie sich auf den Zehenspitzen gekonnt empor reckte. Gleich darauf bückte sie sich nach einem besonders preiswerten NO-Name-Artikel, der in der hintersten unteren Ecke geschickt versteckt war. Zwischendurch nahm sie dem kleinen Tobias verschiedene Gegenstände aus den Händchen, die der unbeobachtet im Vorbeifahren aus irgendwelchen Regalen gegriffen hatte und nun auf ihre Verwertbarkeit prüfte. Holger trottete unnütz und leicht verstört hinter Jennie her.

"Ach, eh' ich das vergesse. Holger willst du die Normalen, oder kommst du damit nicht klar?" Sie kramte in einem Regal und hielt dann eine Großpackung Kondome hoch. Er wurde knallrot.

Die anderen Kunden beachteten sie aber glücklicherweise überhaupt nicht.

"Äh, ich weiß nicht. Nimm die doch einfach!" Mit Kondomen hatte er keine große Erfahrung. Saskia nahm anfangs die Pille und seit ihren Bulimie-Anfällen trug sie eine Spirale in der Gebärmutter. Das war für ihn äußerst praktisch.

Den Rest der Einkaufszeremonie nahm Holger nur noch schemenhaft wahr, da ihn die Kondome im Einkaufskorb sehr beunruhigten. Was erwartete Jennie von ihm? Wofür glaubte sie eine Großpackung dieser Gummis zu benötigen? Schließlich hielten die Dinger doch auch nicht ewig. Sie musste denken, dass er völlig ungebunden und total ausgehungert sei. Vielleicht machte sie sich sogar ernsthafte Hoffnungen auf eine feste Beziehung.

Inzwischen standen sie in schier endloser Schlange vor einer der drei geöffneten Kassen. Jennie hatte dem Kleinen zur Beruhigung zwei Kekse in die Händchen gedrückt. Der sabberte nun eifrig vor sich hin. In der Reihe neben ihnen unterhielten sich zwei ältere Frauen auf plattdeutsch. Wenn er sich sehr konzentrierte und die Mimik und Gestik der beiden mit einbezog, konnte Holger dem Gang ihres Gespräches streckenweise folgen.

"So schwierig scheint das Plattdeutsche gar nicht zu sein. Ich verstehe sogar etwas", flüsterte er Jennie ins Ohr. Sie wandte sich ihm halb amüsiert zu und antwortete leise: "Wenn du dich da nur nicht irrst! Meine Schwiegermutter hat anfangs immer, wenn ich rein kam: 'Dör dich, dreck sou!' gerufen. Da hab' ich irgendwas mit 'Drecksau' verstanden und mich beleidigt hingesetzt. Die Tür hab' ich natürlich offen gelassen, bis sie endlich auf hochdeutsch gesagt hat: 'Mach die Tür zu. Es zieht!'."

Holger schmunzelte im ersten Moment. Dann fiel ihm Jennies traurige Lebensgeschichte ein, und er sah betreten zu Boden. Eigentlich ging es ihm gehörig gegen den Strich, ihr nach allem was sie erlebt hatte, eine weitere Enttäuschung zu bereiten.

Sie nestelte in ihrem Portemonnaie und kontrollierte kurz das Geld. Dann flüsterte sie bedeutungsvoll: "Soll ich dir ein Geheimnis verraten?" Er nickte erstaunt.

"Ich werde in der nächsten Woche Millionärin! Na, was sagst du nun?"

"Hast du im Lotto gespielt?" Er mimte den Ahnungslosen.

"Nein! Es stammt von Ubbo. Er hat nachdem die Pension verkauft war eine hohe Versicherung abgeschlossen, damit wir notfalls versorgt sind." Sie sah ihn triumphierend an, stellte sich auf die Zehen und hauchte einen Kuss auf seine Nasenspitze.

"Ich will nie mehr arm sein. Jetzt kommen endlich die wunderbaren Zeiten, von denen ich immer heimlich geträumt hab', wenn es mir schlecht ging!" Sie schlang begeistert ihre Arme um seinen Nacken.

"Du musst die Sachen auspacken. Wir sind gleich dran." Er befreite sich etwas verlegen aber sehr sachte aus ihrer Umklammerung und schob den Einkaufswagen neben das Förderband. Gut gelaunt legte Jennie alles nacheinander darauf.

Die Kassiererin bewegte sich nicht die Spur behänder, als das südamerikanische Dreizehenfaultier mit zwei Buchstaben, das in keinem Kreuzworträtsel fehlte. Zuerst reckte sie sich aus ihrem Stuhl und machte einen lächerlich langen Hals, um zu kontrollieren, ob der Einkaufswagen wirklich leer war. Dann drehte sie jeden Gegenstand mehrmals in der Hand hin und her, bis sie das

Preisschild endlich gefunden hatte. Schließlich vertippte sie sich und griff nach dem Telefon.

Sie lächelte breit und unsicher, während sie mit laut schnarrender Stimme ein Storno meldete. Aus dem Büro tanzte nach einer Weile eine scheinbar versiertere Kraft an, um das Dilemma mittels eines Spezialschlüssels zu beseitigen. Mit Schulterzucken, aber ohne das geringste Wort der Entschuldigung, ließ das penetrant nach Schweiß riechende Ai anschließend die restlichen Waren per Knopfdruck gemächlich an sich vorbei gleiten und tippte den Kassenzettel zu Ende. Jennie blieb völlig ruhig, packte gelassen alles in den Einkaufswagen zurück und bezahlte die End-summe.

"Gut, dass du kein Eis gekauft hast. Das wäre dir sicher noch im Geschäft geschmolzen", meinte Holger und schob kopfschüttelnd den kleinen Tobias mit den Einkäufen zum Auto.

"Solche Sachen kann man hier nicht gut kaufen. Die bekomme ich besser in unserer Nähe. Wir müssen auch noch kurz zum Getränkemarkt." Jennie war ganz in ihrem Element. Sie registrierte amüsiert, dass Holger sich beim Einkaufen genauso dämlich anstellte, wie Ubbo, aber der war glücklicherweise nur selten mitgekommen.

Nachdem sie auch noch die Getränke im Kofferraum verstaut hatten, gab die junge Frau endlich
grünes Licht für die Heimfahrt. Holger war sichtlich erleichtert.

"Schade, dass du nur noch bis Mittwoch hier bist.
Am Wochenende singt Wolfgang Petry in Emden.
Da wär' ich so gern mit dir hingegangen." Jennie
sah ihn schmachtend von der Seite an.

Holger hatte keinen Schimmer, wer dieser von
ihr so verehrte Sänger war. Er machte sich nicht
besonders viel aus Musik. Saskia schleppte ihn ab
und zu in irgendwelche Jazzkonzerte, und ihm
gefiel das meistens gar nicht so schlecht. Aber
sonst hörte er, was im Radio eben zwischen den
Wortbeiträgen gewöhnlich gespielt wurde. Sanf-
te Oldies gefielen ihm dabei besser, als die modernen schrillen metallischen Klänge.

"Geh doch allein hin, wenn du so viel Spaß daran
hast", schlug er vor.

"Ach, das ist doch nicht dasselbe." Sie sah enttäuscht aus.

"Vielleicht kann ich am Wochenende vorbei-
kommen." Er ließ sich wieder von ihrem traurigen Blick breitschlagen. "Das ist ja keine große
Entfernung von Düsseldorf bis hierher."

"Oh, das wär' toll!" Jennie klatschte begeistert in die Hände und Tobias tat es ihr auf dem Rücksitz gleich, wobei er laut und vergnügt kreischte. Er wusste zwar überhaupt nicht, worum es ging, aber wenn Mama fröhlich war, hatte er sicher auch Anlass zur Freude.

16. Geheimnisse

Zu Hause angekommen fuhr Holger den Wagen in die geräumige Garage, damit sie die Einkäufe von dort durch eine Verbindungstür gleich ins Haus tragen konnten. Er half bei der Schlepperei und kehrte dann nochmals zurück, um den Kofferraum und das Garagentor zu schließen. Als er sich in dem großen Raum umsah, fiel ihm sofort auf, dass Jennies verstorbener Mann hier auch seine Werkstatt eingerichtet hatte.

Dann musste dies der Ort sein, wo es zu dem Unfall gekommen war.

Sein detektivischer Instinkt wurde für einen Augenblick sehr aktiv. Er trat an verschiedene Regale heran, die entlang sämtlicher Wände aufgebaut waren, um die Gegenstände näher zu betrachten.

Uphoff hatte wahrscheinlich einen Faible für Werkzeuge und teure Maschinen gehabt. Besonders gepflegt und aufgeräumt wirkten die Sachen jedoch nicht. Meistens waren sie vermutlich nach der Arbeit ungesäubert einfach zur Seite gepackt worden.

Schrauben und Nägel verschiedener Längen und Stärken lagen in einer großen Keksdose teilweise verrostet durcheinander. Zwischendurch entdeckte Holger überall alte Flaschen. Manche waren leer, andere teilweise gefüllt und hin und wieder auch mit Aufschriften versehen. „Salzsäure, 25 %" stand beispielsweise auf einer grünen und "Abbeize" auf einer bauchigen ehemaligen Weinflasche quer über den alten fleckigen Etiketten. Einige trugen auch Abkürzungen, die ihm überhaupt nichts sagten.

Holger erschien es ziemlich leichtsinnig, wie hier teilweise gefährliche Chemikalien gelagert wurden, obwohl sogar Kinder im Haus waren. Er konnte sich das nur damit erklären, dass Jennies Mann beruflich immer mit solchen Stoffen zu tun hatte und dadurch die Gefahr vielleicht unterschätzte.

"Was machst du hier so lange? Ich hab' den Tee schon fertig." Sie legte ihm von hinten beide Hände zärtlich auf die Schultern.

"Ach, ich hab nur die gut ausgestattete Werkstatt bewundert." Holger fühlte sich ertappt und
156

stotterte ein wenig, als er sich langsam zu ihr umwandte.

"Hier hab' ich Ubbo gefunden. Erst dachte ich, er wär' nur sturzbesoffen, wie meistens. Aber er röchelte so entsetzlich. Da musste ich einfach den Arzt rufen. Die offene Flasche stand noch da. Die haben sie natürlich zur Untersuchung mitgenommen." Sie schauten beide verstört auf die bewusste Stelle vor der schmuddeligen Werkbank — sie, weil das grausige Bild wieder vor ihren Augen erschien und er, weil der Detektiv plötzlich allzu rege in ihm arbeitete.

"Was ist denn überhaupt mit deinem Mann passiert?" Er nutzte die günstige Gelegenheit, um endlich ihre Version der verhängnisvollen Geschichte kennen zu lernen.

"Er hat furchtbar viel getrunken. Überall waren Schnapsflaschen versteckt. Besonders hier in der Werkstatt, da standen sie unauffällig zwischen dem anderen Kram herum. Er wird sich wohl in einer Flasche vergriffen haben. Es war irgendeine starke Säure drin, haben sie gesagt. Draufgestanden hat überhaupt nichts, sie mussten das alles im Labor untersuchen. Helfen konnte ihm aber keiner mehr", erzählte Jennie scheinbar unbewegt.

"Das tut mir alles sehr leid. Sicher hat er furchtbar gelitten?" Holger wusste nicht so recht, wie er sein Bedauern ausdrücken sollte.

"Es hat ein paar Tage gedauert, bis er tot war. Aber sprechen konnte er nicht mehr. War alles verätzt, haben die Ärzte gesagt. Aber das war doch seine eigene Schuld. Warum hat er auch so viel saufen müssen!" Sie drehte sich fast trotzig auf dem Absatz um und ging vor ihm her ins Haus.

"Vielleicht wollte er ja sterben und hat das Zeug absichtlich getrunken. Bei Alkoholikern kommen solche Depressionen manchmal vor", bohrte der Detektiv unnachsichtig weiter.

"Oh, nein! Der doch nicht! Dem gefiel das Saufen viel zu gut!" Die junge Witwe wirkte jetzt äußerst erregt. Schließlich hatten die Leute von der Versicherung ihr so etwas ebenfalls einzureden versucht. Dann wären die um eine Auszahlung herumgekommen, und sie hätte keinen Pfennig gesehen.

"Möglicherweise hing es auch mit seiner Arbeit zusammen?" Holger musste nun einfach sicher gehen, dass er sich nicht geirrt hatte.

"Stimmt schon, Ubbo war seit längerem arbeitslos. Aber der hat neben dem Arbeitslosengeld mehr Kohle gemacht als vorher. Schwarzarbeit gibt's hier genug, wenn einer fleißig ist. Denen da war seine Sauferei auch völlig egal. Nur mir nicht!" Jennie ließ keinen Zweifel daran, dass sie dieses Gespräch damit als beendet ansah. Sie schloss lautstark die Küchentür, wie um dem Geist ihres verstorbenen Mannes den Zutritt zu verwehren und setzte sich an den gedeckten Teetisch.

Während sie Tee tranken und selbstgebackenen Kuchen aßen, spielte der kleine Tobias auf der Terrasse mit der Katze. Jennie beobachtete ihn mit mütterlichem Stolz durch die weit geöffnete Glastür.

"Wie kommt es, dass ihr den Kleinen noch bekommen habt, obwohl ihr doch eigentlich keine Kinder mehr wolltet?", fragte Holger indiskret aber aus ernstem Interesse.

Jennie lachte etwas verlegen.

"Eigentlich ist er nur mein Kind", antwortete sie dann sehr undurchsichtig. Holger stutzte.

"Wieso? Das verstehe ich nicht. War Ubbo nicht sein Vater?"

"Er hat unfreiwillig den Samen gespendet." Jennie erzählte erst stockend, aber allmählich doch flüssiger, die seltsame Geschichte von der Zeugung ihres Sohnes, während Holger ihr mit großen Augen ungläubig zuhörte.

Da sie mit dem Haushaltsgeld nicht auskommt, spart sie heimlich den monatlichen Betrag für die Pille ein. Sie hat in einer Zeitschrift etwas über natürliche Empfängnisverhütung gelesen und beginnt sie, ohne Ubbos Wissen, zu praktizieren. Wenn ihre fruchtbaren Tage auf dem Kalender stehen, hält sie sich ihren Mann geschickt vom Hals. In der für eine Empfängnis ungefährlichen Zeit, spielt sie gefügiges Frauchen. Das geht eigentlich eine Weile ganz gut, weil Ubbo in sexuellen Dingen sehr leicht berechenbar ist und seine fleischliche Gier mit zunehmendem Alter und Alkoholkonsum schon merklich nachlässt.

Nur ihre eigenen Gelüste unterschätzt sie leichtsinnigerweise. Seit sie die Pille nicht mehr nimmt, ist sie zur Zeit ihres Eisprungs immer besonders erregbar. Sie verspürt einen unbändigen Drang nach sexueller Betätigung und gibt sich lüsternen Fantasien hin. Meistens vergeht ihr die Lust, wenn sie ihren betrunkenen Mann dann vor sich sieht und daran denkt, dass er beim Geschlechtsverkehr rücksichtslos nur seine eigene schnelle Befriedigung sucht.

An dem bewussten Tag kommt er sehr müde und betrunken nach Hause. Er schmeißt sich nach dem Duschen gleich nackt wie er ist aufs Bett, wo er laut schnarchend einschläft.

Jennie betrachtet seinen muskulösen Männerkörper eine Weile still und fasziniert. Einzelne perlende Wassertropfen glitzern in seiner dichten Brustbehaarung. Sie berührt ihn ganz vorsichtig. Er schläft tief und fest weiter. Zärtlich streichelt sie sein harmlos wirkendes schlaffes Glied, das unter ihren Fingern leicht zuckt. Und in ihr baut sich der Gedanke auf, dass sie ihn ein einziges Mal für ihre eigene sexuelle Befriedigung genauso egoistisch benutzen könne, wie er es gewöhnlich mit ihr machte.

Nachdem sie sich in Windeseile vollkommen entkleidet hat, reibt zuerst lustvoll aber noch zaghaft ihre Brüste an seinem Oberkörper. Dann stimuliert sie sich weiter, indem sie auf seinem muskulösen Oberschenkel hin und her rutscht. Schließlich versucht sie seinen Penis zu einer Erektion zu bringen um ihn in ihre Scheide einführen zu können. Es gelingt ihr auch, während

Ubbo laut grunzend und schmatzend weiter döst.

Mit dem Rücken zu ihm besteigt sie schließlich das Lustinstrument und bewegt sich sanft rhythmisch auf und ab. Zum ersten Mal empfindet sie echte Begeisterung beim Geschlechtsverkehr. Das große steife Glied füllt sie ganz aus. Mit der Rechten bearbeitet sie ihre erregte Lustknospe mit der Linken abwechselnd die harten Brustwarzen. Sie verschwendet dabei nicht den geringsten Gedanken an ihren beinahe bewusstlos schnarchenden Ehemann. Sie möchte einmal das wundervolle Glücksgefühl erleben, das in den Liebesromanen geschildert wird, die sie heimlich zwischen der Hausarbeit verschlingt.

Aber nach knapp drei Minuten spürt sie, auf dem Höhepunkt ihrer sexuellen Erregung, seine heftige stoßweise Pollution. Der Penis rutscht sofort merklich erschlafft aus ihrer feuchten Vagina. Ubbo erwacht für einen kurzen Moment und murrt schlaftrunken: "Was machst du denn da? Ich bin müde. Lass mich in Ruhe!" Dann stößt er sie unwirsch zur Seite, kriecht unter die Bettdecke und schläft seelenruhig weiter.

"So bin ich ganz ungewollt schwanger geworden. Es gab ein fürchterliches Theater, als ich Ubbo das mit der Pille beichten musste. Aber ich hab's überlebt. Und der Kleine ist doch wirklich süß, nicht wahr?"

Ziemlich verstört hatte Holger den ungeschminkten Bericht aus Jennies Schlafzimmer verfolgt. Teilweise wusste er nicht, wo er hinsehen sollte und rührte immer wieder verlegen in seinem Tee. Innerlich war er erregt. Jennie drückte die körperlichen Dinge auf eine Art aus, dass sie einfach und greifbar wurden. Sie sagte beispielsweise: "Schwanz" und "Titten" oder "steifer Pimmel" und "geile Muschi". Außerdem bezeichnete sie die Ausübung des Geschlechtsverkehrs schlicht als "ficken" oder "bumsen".

Saskia wurde höchstens im Bett kurz vor dem Orgasmus manchmal ordinär. Dann schrie sie zuweilen: "Nun nimm mich ganz! Fick mich tief!" oder so ähnlich. Er tat ihr jedes mal nach Kräften den Willen. Denn wehe, wenn sie nicht völlig befriedigt wurde! Sie hätte es niemals geduldet, dass ein Mann an ihr nur seine Lust abreagierte.

"Hast du so etwas später noch öfter gemacht?", fragte Holger sichtlich erstaunt, dass die sexuelle Ausbeutung eines ausgewachsenen Mannes durch seine Frau überhaupt möglich war. Er hatte zwar schon von Lehrerinnen gehört, die ihre halbwüchsigen Schüler verführten. Aber die soeben gehörte Geschichte wäre ihm völlig absurd erschienen, wenn sie Jennie nicht in ihrer treuherzigen Art selbst erzählt hätte.

"Nein, es hat ja leider auch nicht richtig geklappt." Sie errötete leicht und schlug verschämt die Augen nieder, so als würde ihr erst jetzt bewusst, dass sie eines ihrer intimsten Geheimnisse vor ihm ausgebreitet hatte.

17. Verführung

"Mama, Pussitatze hatte beißt!", schrie Tobias plötzlich und kam aufgeregt in die Küche gestolpert. Er streckte der Mutter jammernd sein kleines schmutziges Händchen entgegen. Jennie nahm ihn auf den Schoß und sah sich den vermeintlichen Biss an. Da sie nichts erkennen konnte, strich sie ihm beruhigend übers verschwitzte blonde Haar.

"Ist doch nicht so schlimm. Komm, Mama pustet."

Sie spitzte die Lippen und blies sanft und kühl ihren mütterlich heilenden Atem auf die schmerzende Stelle. Nach zwei Minuten hatte sich der Kleine sichtlich beruhigt und verlangte lautstark Tee und Kuchen. Sie gab ihm den süßen Rest aus ihrer eigenen Tasse und fütterte ihn mit dem leckeren Kirschkuchen.

Tobias rote Wangen bewegten sich zufrieden kauend. Die beiden gaben ein ergreifendes Bild ab, fand Holger. Er beobachtete die hormonell gesteuerte natürliche Eintracht von Mutter und

Sohn eine Weile gerührt und in eigene schmerzliche Erinnerungen versunken.

Dann änderte sich die beschauliche Atmosphäre wie durch einen plötzlich aufkommenden Wirbelsturm. Die beiden Mädchen rannten vor Leben sprühend von der Straße in den Garten.

"Oh, können wir auch Kuchen?" Sabrina und Nadine quetschten sich verschwitzt wie sie waren neben Holger auf die Küchenbank. Die Große griff sofort auf den Kuchenteller und wollte ein Stück erhaschen. Jennie verpasste ihren gierigen Fingern einen leichten Klaps.

"Erst werden Hände gewaschen. Los, ab jetzt!"

Maulend verschwanden die beiden für kurze Zeit im Bad. Jennie steckte den kleinen Tobias neben Holger ins Kinderhochstühlchen und holte zwei weitere Teller aus dem Küchenschrank.

"Was möchtet ihr trinken?", fragte sie die Mädchen, die, ihre feuchten Hände an den bunten Shorts reibend, wieder in der Küche erschienen.

"Apfelschorle!", kam die Antwort wie aus einem Mund.

"Tobias auch Appeßolle!", schalte das linkische Kleinkinder-Echo dazu.

Jennie erfüllte die Wünsche ihrer Sprösslinge und kam dann wieder mit frischem Tee zum Tisch. Es herrschte jetzt eine Weile nur zufriedenes Schweigen und Schmatzen.

"Fährst du mit uns zum Heidepark Soltau?", wandte sich Sabrina zwischen zwei Kauvorgängen bittend an Holger.

"Was ist denn das — ein Zoo?", wollte er wissen.

"Nee, so 'n toller Vergnügungspark mit Achterbahnen und so. Is auch gar nich weit." Sabrina fuchtelte begeistert mit den Armen durch die Luft, wobei ihre klebrigen Hände mehrere gewagte Loopings vollführten.

"Müsst ihr denn nicht zur Schule?" Er hegte die vage Hoffnung sich dieses Kirmes-Spektakel ersparen zu können.

"Wir haben doch endlich Ferien, du Dummer", klärte Nadine ihn mit vollem Mund auf.

"Seid nicht so unverschämt. Holger ist nicht zum Spaß hier. Er muss arbeiten!", mischte sich Jennie ein, die Holgers Hilflosigkeit mitfühlend registrierte.

Der wollte sich schon geschlagen geben. Aber in diesem Moment stieß Tobias den halbvollen Becher mit Apfelschorle um. Ein gelbes prickelndes Bächlein floss ungehindert über die glatte Plastiktischdecke auf Holgers Hose. Die beiden Mädchen kicherten albern und schadenfroh.

"Kann man denn mit euch nicht einmal in Ruhe Tee trinken?", zeterte Jennie und hechtete los, um einen Lappen zu holen.

"Mama, wir gehen nach oben zum Fernsehen." Solidarisch wollten sich die beiden Schwestern aus der Küche verziehen.

"Ja, ja, wenn ihr nur das Fernsehen habt. Nehmt euern kleinen Bruder mit", schimpfte Jennie, während sie an dem Fleck auf Holgers Hosenbein rieb.

"Ach, das ist doch halb so schlimm. Die Hose muss sowieso gereinigt werden", wehrte der ab.

"Wenn du sie ausziehst, wasch ich das eben aus und bügle es trocken", bot sie sich eifrig an. Als sie seinen irritierten Blick sah, fügte sie beruhigend hinzu: "Keine Sorge, die Kinder sind jetzt für die nächsten zwei Stunden beschäftigt. Die hocken im ehemaligen Zimmer meiner Schwiegermutter vor ihrer Lieblingssendung."

Widerstrebend übergab Holger ihr seine Hose. Er fühlte sich fast nackt in den dunkelroten Boxershorts an Jennies Küchentisch.

Sie wusch den Fleck sorgfältig mit Wasser und etwas Spülmittel aus. Dann klappte sie ein Bügelbrett auf und fuhr mit dem vorschriftsmäßig temperierten Eisen mehrmals über die nasse Stelle.

"Es ist noch nicht ganz trocken. Aber du hast doch sicher etwas Zeit, oder?", bemerkte sie freundlich, während sie seine Hose über ihren Stuhl hängte. Dann kam sie vielsagend lächelnd auf ihn zu, nahm ihn bei der Hand und lockte süß: "Komm mit, ich will dir was zeigen."

Holger ließ sich widerstandslos auf Socken von ihr über den Flur ins Schlafzimmer führen. Der Raum war mit einer konservativen Einrichtung in hellem Eichenfurnier ausgestattet. Der klotzige Schrank reichte über eine ganze Wand und hatte in der Mitte zwei Spiegeltüren. Links und rechts neben dem breiten Doppelbett standen passende Nachtschränkchen mit kleinen putzigen Schirmlämpchen in altrosa.

Da der Raum nach Norden lag, war er schattig und für die Jahreszeit angenehm kühl. Jennie schlug die altmodisch geblümte Tagesdecke mit einem gekonnten Griff zurück und sah ihn erwartungsvoll an: "Na, was sagst du jetzt?"

Holger stand da wie ein Idiot. Er wusste absolut nicht, was sie meinte. Sollte er sich hinlegen oder wollte sie seine Meinung zu ihrem Ehebett hören?

"Hm", gab er unsicher von sich.

"Gefällt sie dir nicht? Das ist echte Satin-Bettwäsche! Die hat 'ne Mark gekostet, sag ich dir. Ich hab sie erst nach Ubbos Tod gekauft. Er mochte so was nicht besonders." Jennie strich begeistert über eine der in glänzendem Violett bezogenen Bettdecken.

"Doch, es ist wirklich ganz hübsch", beeilte er sich zu bestätigen und bückte sich ebenfalls um das feine Glanzgewebe zu betasten. Es war auffallend frisch und glatt.

"Bitte probier es mit mir aus, ja?" Sie hatte wieder diesen Kleine-Mädchen-Blick, der ihm keine Wahl ließ.

"Doch nicht mit den Klamotten! Natürlich ziehen wir uns ganz aus — sonst spürt man den Stoff nicht richtig auf der Haut", klärte sie ihn auf, als er sich vorsichtig auf der Bettkannte niederlassen wollte.

"Selbstverständlich", stotterte er überrascht und gehorsam.

Noch nie war ihm etwas ähnlich Verrücktes passiert. Jennie und er erschienen ihm, wie zwei Kinder, die sich hinter dem Rücken der Eltern heimlich mit Doktorspielchen vergnügten.

In Windeseile entledigte er sich seiner Kleidung und kroch, ebenso schamhaft wie nackt, unter die seidige Decke. Jennie zog sich hingegen sehr langsam und fast genüsslich aus.

Holger beobachtete sie über den Rand der hochgezogenen Bettdecke hinweg. Er konnte sich des Gefühls nicht erwehren, dass sie eine erotische Privatvorstellung für ihn veranstaltete. Sie trug unter dem Kleid zarte Reizwäsche mit Spitzen.

Wie süß sie war! Wie niedlich ihre runden Brüste wippten! Und erst ihr kleiner strammer Popo, als sie umständlich den Schlüpfer abstreifte! Er spürte deutlich, dass er dies alles besitzen musste — um jeden Preis!

Dann schlüpfte sie ebenfalls ins Bett.

"Oh, das ist aber kalt! Ich bekomme Gänsehaut, guck mal." Sie hob die Decke leicht an und gewährte ihm einen weiteren sehnsüchtigen Blick auf ihren vollendeten Leib mit den knospigen rosa Brustwarzen.

Das gab ihm den Rest!

Voll unbändigen körperlichen Verlangens war er mit einer kraftvollen Bewegung auf ihrer Bettseite, nahm sie in den Arm und küsste sie leidenschaftlich. Jennie schmiegte sich hingebungsvoll an ihn und massierte seinen angespannten Rücken. Die spontane Erektion ließ nicht eine Sekunde auf sich warten. Emotionsgeladen, wie schon lange nicht mehr, liebkoste er den weichen Körper. Sie duftete sehr sinnlich, nicht nach teuren Parfüms und Cremes wie Saskia. Jeden Zentimeter ihrer zarten Haut wollte er mit seinen Lippen berühren.

Genießerisch, zurückgelehnt in einen violetten Kissenberg, ließ sie ihn mit leicht geschlossenen Augen einfach gewähren. Durch jede Pore ihres schönen Körpers sog sie seine zärtlichen Berührungen durstig in sich auf. Es kribbelte lustvoll in ihren erogenen Zonen.

Noch nie hatte sie die Liebe auf diese Art erlebt. Wie weich und geschickt Männerhände sein konnten. Wie liebevoll Holger war. Sie fühlte sich in einem wundersamen Traum gefangen und hatte Angst aufzuwachen, bevor sie das heiß ersehnte Gefühl der vollkommenen Befriedigung erleben durfte.

"Jennie, wo hast du die Gummis?" Holger atmete erregt. Nur für eine Minute entschlüpfte sie ihren sehnsuchtsvollen Phantasien und griff neben sich in die Nachttisch-Schublade. Er nahm ihr sofort die Packung aus der Hand und riss sie ungeduldig auf. Die einzeln versiegelten Päckchen flatterten wie Konfetti auf das Fliederbett. Er wählte das Nächstbeste und wischte die restlichen einfach mit der anderen Hand zu Boden. Das Ding ließ sich nicht öffnen.

Als Holger es ungeduldig mit den Zähnen versuchte, sagte Jennie leise:

"Lass mich mal!"

Mit ruhigem Geschick holte sie das Kondom aus der Hülle und streifte es ihm ebenso gekonnt über. Dann hauchte sie einen kleinen Kuss auf seinen Bauch und warf sich wieder rücklings in die Kissen.

"Bitte komm, ich will dich!", flüsterte sie voll ungeduldiger Erwartung.

Er näherte sich vorsichtig ihren gespreizten Schenkeln und drang dann gefühlvoll in sie ein.

Seine männlich schlanken Hüften bewegten sich emsig und gekonnt mit herrlich sanfter Rhythmik in dem atemberaubenden ewig gleichen Geschlechter-Tanz. Fast wie ein kleines Täubchen gurrte Jennie. Sie krallte sich vor körperlicher Erregung in seine Schultern und folgte den kraftvollen Bewegungen mit ihrem Unterleib.

Dann brach es plötzlich aus ihr heraus, wie ein schier endloser Jubelschrei. Tief und wild pulsierte ein alles verschlingendes Beben in ihr. Bis in die entferntesten Teile ihres erregten Körpers spürte sie es. Holger verschloss ihren gurgelnd schreienden Mund zärtlich mit seinen Lippen. Noch ein zwei Stöße und sein brodelnder Vulkan spuckte wahre Massen glühender Lava.

Jennie war entspannt und glücklich. Sie schenkte ihm dankbare kleine Küsse und kuschelte sich unter der violetten Bettdecke an ihn. Er streichelte sanft und gedankenverloren ihre Haut, fast so als beruhige er ein grundlos weinendes Kind.

Sie sprachen nicht über das soeben Erlebte. Jennie fehlten einfach die Worte. Und Holger schwirrte noch eine Weile in seinem eigenen mystischen Universum, das ihn, sich seit dem explosionsartigen Orgasmus ständig ausweitend, wohlig umfing. Ähnlich wie sehr langsam entstehende Planetensysteme, formten sich bizarre Gedankengebilde, erst allmählich klarer werdend, in seinem Gehirn. Er genoss den seltsamen Zustand zwischen Fantasie und Realität, weil ihn niemand zerredete. Auch er selbst verspürte kein Bedürfnis, ihr inniges Beieinander durch die üblichen männlichen Rückversicherungen zu stören.

Was hätte sie auf "War es für dich okay?" oder "Wie war ich?" geantwortet?

Welcher Anlass rechtfertigte es, die außerordentliche Harmonie durch den Austausch derartiger Plattheiten zu beenden? Holger war sich absolut sicher, dass sie seine Zärtlichkeit äußerst intensiv genossen hatte.

18. Verdachtsmomente

"Ich muss den Kindern gleich Abendbrot machen", war das Erste, was nach einer schier unendlichen Zeit der stillen Zweisamkeit über Jennies Lippen kam. Sie küsste ihn lange und stieg dann aus dem Bett.

"Ich geh eben ins Bad — die stinkigen Stellen waschen. Du kannst nachher 'rein, wenn ich in der Küche bin." Ihre Kleidungsstücke unter dem Arm zusammengerafft, huschte sie aus dem Schlafzimmer.

Von den blank geputzten Spiegeltüren blickte Holger sein eigenes zufriedenes Gesicht aus dem seidigen zerwühlten Liebesnest entgegen. Entspannt verschränkte er die Hände hinter dem Nacken und sah sich eine Weile im Zimmer um.

Im Bad rauschte die Wasserleitung. Neugierig zog er nacheinander die beiden Nachttisch-Schubladen auf. Die eine war bis auf eine Packung Papiertaschentücher leer. Die andere enthielt einen kleinen Stapel billiger Romane.

Vorsichtig nahm er die Hefte heraus. Man sah ihnen an, dass sie intensiv gelesen worden waren. In der Hauptsache waren es Liebes- und Arztgeschichten. Die klangvollen Titel über den romantischen Bildern ließen Holger schmunzeln.

Als halbwüchsige Schüler hatten sie sich in der Jugendherberge einmal solche Romane gegenseitig vorgelesen und sich köstlich dabei amüsiert. Er schlug einige Seiten auf und schmökerte belustigt in den abgegriffenen geknickten Blättern. Einer sittsamen Krankenschwester mit blumigem Namen wurde von einem skrupellosen Arzt so unbändig der Hof gemacht, dass es lächerlich wirkte. Sie jedoch kümmerte sich betont liebevoll nur um ihren schwer verletzten Patienten, der versehentlich an einer Flasche mit ätzender Flüssigkeit getrunken hatte...

Holger las die Stelle wieder und wieder. Ein schrecklicher Verdacht keimte in ihm auf. Hastig, als habe er sich die Finger verbrannt, legte er die Romanhefte in die Schublade zurück.

Er versuchte, den verhängnisvollen Gedanken mit aller Macht aus seinem Gehirn zu drängen. Aber, selbst nachdem er frisch geduscht und wieder ordentlich angezogen am Abendbrottisch saß, kreisten seine sämtlichen Überlegungen nur um dieses entsetzliche Verdachtsmoment. Er sah den sich krümmenden Ubbo Uphoff röchelnd in der Garage am Boden liegen. Dann wieder stellte er sich vor, wie dessen junge hübsche Frau den Anschlag kaltblütig geplant und durchgeführt hatte.

Die Kinder plapperten aufgeregt durcheinander, und Jennie war die "gute Mutter". Er klinkte sich innerlich aus der Szene aus. Mechanisch stopfte er Schinken- und Käsebrote in sich hinein, verschlang dazu haufenweise Gewürzgurken und Tomaten mit frischem Schnittlauch. Seine Geschmacksnerven waren ebenso betäubt wie der gesamte übrige Körper. Als Sabrina ihn erneut mit ihrer Vergnügungstour löcherte, stimmte er allem nur wortlos nickend zu.

Niemand schien seine schreckliche Irritation zu bemerken. Nach dem Abendbrot säuberte Jennie den Tisch und wusch das schmutzige Geschirr. Holger griff gewohnheitsmäßig nach einem Küchenhandtuch und trocknete ab. Sie sah ihn voller Bewunderung an. Dass manche Männer in der Küche halfen, hatte sie schon gehört und gelesen aber nie selbst erlebt.

178

Sabrina schleppte ein Kartenspiel an. Und während der kleine Tobias zu Bett gebracht wurde, musste Holger mit den Mädchen spielen.

Jennie gesellte sich anschließend zu ihnen. Der Abend wurde lang, denn die drei weiblichen Wesen schienen sich geschworen zu haben, ihn nicht so schnell entkommen zu lassen. Er verlor jedes Spiel, weil ihm die Konzentration und die innere Einstellung gänzlich fehlten.

Gegen elf Uhr hielt er sein verkrampftes Theaterspiel nicht mehr aus und verabschiedete sich unter dem Vorwand, müde zu sein. Jennie gab ihm an der Tür noch einen leidenschaftlichen Kuss, und er nahm die heiße Begierde ihrer weichen verführerischen Lippen als süße verwirrende Erinnerung mit sich auf den Weg.

"Vergiss nicht: Morgen pünktlich um Zehn!", schrie Sabrina aus ihrem Kinderzimmerfenster, bevor er ins Auto stieg.

19. Dilemma

Als Holger seinen Wagen auf dem Parkplatz vor der Pension abstellte, fiel sein erster Blick auf Saskias weißes Cabrio. Brütend heiß kam ihm zu Bewusstsein, dass er sich seit mehr als vierundzwanzig Stunden nicht bei ihr gemeldet hatte. Nun brauchte er nichts nötiger, als einige intelligente Ausreden! Leider war sein Kopf seit den letzten Ereignissen in Jennies Haus wie leergefegt. Was mochte ihn drinnen erwarten?

Schon als er vorsichtig die Haustür aufschloss bekam er einen Eindruck von dem Zustand, in dem Saskia sich seinetwegen befand. Aus der weit aufstehenden Tür der Wohnstube klang überzogen lautes weibliches Gelächter. Unsicher schaute er in das erleuchtete Zimmer.

Der Anblick, welcher sich ihm bot, war grotesk. Die alte Dicke und die vornehm überzogene Dürre hatten sich scheinbar gegen ihn verbrüdert. Seine fette Wirtin prostete der ziemlich angeheiterten Saskia fröhlich zu. Und wie allerbeste

Freundinnen fielen sich die beiden ungleichen Frauen anschließend in die Arme. Frau Jansens Perücke war noch mehr verrutscht als gewöhnlich, ihr greller Lippenstift klebte stellenweise in Saskias gerötetem Gesicht, und die dümmlichen Augen stierten den verdutzten Holger unverschämt an.

"N'n Abend, der Herr un Prosit auch!" Sie leerte das Schnapsglas in einem Zug und schenkte sich gleich aus der Flasche nach.

"Oh, da bist du ja endlich, du Schuft!" Saskia erhob sich lallend und brach, während sie auf ihn zu torkelte, in Tränen aus. Er fing sie im letzten Moment mit seinen Armen auf, sonst wäre sie der Länge nach zu Boden geschlagen.

Alkohol vertrug sie absolut nicht. Kein Wunder bei einem ständig leeren Magen. Nun hing sie schwer wie ein Mühlstein um seinen Hals und jammerte entsetzlich lallend. Er konnte kaum verstehen, was sie ihm alles vorwarf, jedenfalls gab sie ihm keinen Raum für irgendwelche Erklärungen.

Frau Jansen war inzwischen, die leere Schnapsflasche umklammernd, mit dem Kopf auf dem Tisch eingedöst.

"Komm, lass es für heute gut sein, Saskia. Wir schlafen ein paar Stunden und reden morgen weiter. Dann sieht die Welt schon ganz anders aus." Holger führte seine Lebensgefährtin mit sanfter Gewalt die Treppe hinauf in sein Zimmer.

Als er sie endlich vor Anstrengung keuchend auf das Bett legte, schlief sie im gleichen Augenblick fest ein. Um sie nicht aufzuwecken, knipste er lediglich die kleine Röhre über dem Spiegel an. Sein Gesicht blickte ihm aschfahl und steinalt im unsanften Schein des Neonlichtes entgegen. Er legte unendlich müde seine Kleidung, bis auf die Boxershorts, ab und putzte sich, wie um wenigstens etwas Ordnung in seine völlig verhexte Existenz zu bringen, gründlich die Zähne.

Auf dem Boden neben dem Waschbecken reflektierten einige verstreute Papierschnipsel. Als Holger sich intuitiv danach bückte, erkannte er, dass es die Reste von Jennies Portrait-Aufnahme waren. Saskia zog vermutlich bereits die richtige Schlussfolgerung, nachdem sie das Foto in seinem Zimmer entdeckte. Wer konnte wissen, was ihr die alte Wachtel beim fröhlichen Umtrunk außerdem noch alles gesteckt hatte?

Eine hässliche Auseinandersetzung zwischen Jennie und Saskia wollte er unbedingt vermeiden. Deshalb beschloss er, seine Lebensgefährtin, sobald sie wieder ansprechbar war, zu besänftigen und unbedingt von hier fortzubringen. Dann legte er sich auf das knarrende Bett und schlief unruhig ein.

Erst am späten Vormittag wurde er von Saskias lautem Stöhnen geweckt. Sein erster Gedanke galt der Verabredung mit Jennie und den Kindern. Er wollte sich heimlich aus dem Bett stehlen, um wenigstens kurz mit ihnen zu telefonieren. Eine passende Ausrede wäre ihm schon eingefallen.

Aber Saskia gab ausgerechnet in diesem Moment ihren gesamten Mageninhalt von sich. Das Bett und der Teppichläufer davor wurden von mehreren übelriechenden Eruptionen getroffen. Holger stürzte zum Waschbecken, griff nach den Handtüchern und versuchte so viel wie möglich von dem entstandenen Schaden zu beseitigen. Es fiel ihm schwer, das eigene Würgen zu unterdrücken, so penetrant war der Gestank.

Immer wieder wusch er die Frotteetücher unter dem Wasserhahn aus und rubbelte an den verhängnisvollen Flecken. Dann schob er kurzerhand die jammernde völlig ausgeleerte Saskia zur Seite, zog die beschmutzte Bettwäsche ab und steckte diese in den leeren Abfalleimer. Er ließ Wasser darüber laufen bis sie ganz bedeckt war und öffnete anschließend weit das Fenster, um den unangenehmen Geruch aus dem Zimmer zu vertreiben.

"Holger, warum lässt du mich so leiden? Wenn ich tot wäre, würde es mir besser gehen!" Sie wählte die sattsam bekannte dramatische Leier. Dabei entstanden erfahrungsgemäß immer längere Pausen, die mit jammernswerten Blicken und Gesten ausgefüllt wurden, um ihm Gelegenheit zur Rechtfertigung zu geben.

"Ich weiß gar nicht, was du meinst, Liebling. Wahrscheinlich hast du gestern etwas zu viel getrunken. Nach einem kräftigen Tee wird es dir sicher besser gehen. Wir reisen noch heute aus dieser schmuddeligen Pension ab. Du brauchst dringend Ruhe und vor allem eine erfreulichere Umgebung!" Holger streichelte ihr mitleidig über das verklebte Haar.

"Tu nur nicht so unschuldig! Deine Wirtin hat mir erzählt, dass du das Zimmer kaum benutzt hast. Wer ist diese junge blonde Frau auf dem Bild? Und warum konntest du am Telefon nie vernünftig mit mir reden?" Saskia war jetzt wütend. Die Fragen sprudelten, sich überschlagend, von ihren

blassen schmalen Lippen. Ihre von Make-up ver-
schmierten Augen funkelten böse.

Als sie tief Atem holen musste, erwiderte er be-
sänftigend: "Sei bitte nicht so lächerlich eifer-
süchtig. Eine erfolgreiche Frau wie du hat so etwas doch nicht nötig!" Das wirkte. Sie setzte sich
etwas aufrechter hin, fuhr mit den Fingern in
einer albernen Geste ordnend durch ihr kurzge-
schnittenes dunkles Haar und strich ihre völlig
ruinierte Seidenbluse glatt.

"Ja, eben! Deshalb befremdet mich dein liebloses
Verhalten auch außerordentlich. Du bist doch
sonst nicht so unzuverlässig. Geht dieser Fall etwa über deine Kraft? Oder hat dir diese angebli-
che Mörderin völlig den Kopf verdreht?" Mit
weiblicher Intuition traf sie damit genau ins
Schwarze.

"Du hast das Bild selbst gesehen. Würde ein sol-
ches Blondchen denn zu mir passen? Einer intelligenten verführerischen Frau wie dir droht doch
von diesem unerfahrenen Ding keine Gefahr."

Bis jetzt war er noch ohne eine handfeste Lüge
ausgekommen. Sie sah ihn zweifelnd an, wurde
aber schon sichtlich ruhiger. Er gab ihr als ergän-
zendes Tüpfelchen zum I einen zärtlichen Kuss
auf die Stirn und meinte sanft: "Was ist nun mit

dem schicken Ferienhaus von diesem Bonzen. Wenn du willst, können wir sofort losfahren. Mach dich ein bisschen zurecht. Ich begleiche inzwischen die Rechnung."

"Warum hast du es plötzlich so eilig? Deine Wirtin ist eine Seele von Mensch. Eine letzte Tasse Tee werde ich auf jeden Fall noch mit ihr trinken. Sie hat einen so beeindruckenden Schatz an praller Lebenserfahrung, das kannst du dir nicht vorstellen."

Doch, Holger konnte! Vor allem hatte die Jansen ihn vollkommen durchschaut, deshalb war sie nicht zu unterschätzen.

"Selbstverständlich sollst du deinen Tee haben, soviel du nur möchtest", lenkte er gnädig ein und verschwand inzwischen vollkommen angezogen nach unten.

20. Abreise

Frau Jansen wirkte, als habe sie einen gewaltigen Kater. Er behandelte sie mit Samtpfötchen und rundete den Rechnungsbetrag ordentlich auf, wodurch sich ihre von Kopfschmerzen zerfurchte Stirn dankbar glättete.

"Schade, dass sie schon abreisen, Herr Jaspers. Ihre Frau ist wirklich nett und so lustig." Vielsagend, milde und verständnisvoll lächelnd, verschwand sie in der Küche, um den Tee zu bereiten.

Holger setzte sich ins Frühstückszimmer und warf einen flüchtigen Blick in die Tageszeitung. Teilweise bunt bebildert wurden die örtlichen Ereignisse auf den ersten Seiten zu Sensationen aufgebauscht. Erst weiter hinten stieß er auf internationale Schlagzeilen und allgemein interessante politische und kulturelle Informationen.

Er legte das Blättchen, mit dem Eindruck, dass es das Geld nicht wert sei, sehr schnell wieder beiseite und wandte sich dem Kaffee zu.

Sein schlechtes Gewissen gegenüber Jennie und den Kindern plagte ihn mächtig. Aber wenn er jetzt im Flur telefonierte, konnte ihn Saskia jederzeit dabei überraschen. Das Risiko würde er lieber nicht eingehen.

Andererseits wollte er Jennie nicht verlieren. Egal, was sie getan hatte, er liebte sie mit Haut und Haaren. Die vorlaute Sabrina, die schüchterne Nadine und der knuddelige Tobias erschienen ihm schon wie seine eigenen Sprösslinge. Er trug eine tiefe Sorge um sie in seinem verwirrten Innern.

Gut, dass nur er dieses verhängnisvolle Geheimnis ihrer Mutter erahnte. Es war nicht seine Absicht, es irgendjemandem gegenüber preiszugeben. Sollte die Versicherung in diesem Fall eben das Geld an eine Gattenmörderin auszahlen. Er wollte Jennie nicht für eine Tat, die ihr nur tiefe ausweglose Verzweiflung diktiert haben konnte, ins Gefängnis stürzen. Sobald er die Gelegenheit erhielt, würde er ihr seine ehrliche Zuneigung gestehen und sie bitten, seine Gefährtin zu werden.

Saskia trat überlegen lächelnd ins Zimmer und nahm wie eine Gewinnerin wortlos am gedeckten Frühstückstisch Platz. Frau Jansen brachte ihr Ei und Tee.

"Guten Morgen, meine liebe Frau Jaspers. Haben Sie gut geschlafen?" Saskia hatte sich offenbar als Holgers Ehefrau vorgestellt. Die Wirtin war zuckersüß, aber das in alkoholisierter Stimmung vereinbarte "Du" verkniff sie sich vorsichtshalber.

"Du weißt doch, Meta: Ich heiße Saskia! Danke nochmals für den amüsanten Abend. Schade, dass wir schon abreisen müssen." Saskia tat der Dicken gegenüber betont freundschaftlich. Ihren Lebensgefährten hingegen behandelte sie während des gesamten Frühstücks mit hoheitsvoller Ignoranz.

"Wenn du mein Ei essen möchtest?" Sie schob ihm den Eierbecher lieblos über den Tisch zu.

"Nein, danke. Zwei Eier am Morgen bekommen mir nicht", lehnte er freundlich ab.

"Sooo? Ich dachte nach deinen moralischen Ausschweifungen könntest du einige Proteine vertragen!" Sie zog die Wörter beleidigend in die

Länge. Holger atmete tief um nicht aggressiv zu reagieren.

"Vielleicht solltest du es doch lieber selbst essen, damit du wenigstens einmal etwas Vernünftiges im Magen hast." Er verteilte den gehässigen Seitenhieb mit strahlendem Lächeln und mitleidigem Unterton.

Saskia stand wutentbrannt vom Tisch auf, schleuderte ihre Serviette in die halbvolle Teetasse und funkelte ihn böse an: "Ich gehe schon zum Wagen. Du kannst unser Gepäck von oben holen. Glaube nur ja nicht, ich ließe mir alles von dir gefallen!"

Er trank schnell seinen Kaffee aus. Dann trug er sämtliche Taschen nach unten und verabschiedete sich von Frau Jansen.

"Könnte ich den Leihwagen noch bis morgen bei ihnen stehen lassen. Es ist nämlich besser, wenn Saskia in ihrem Zustand nicht selbst fährt", bat er die Alte. Überaus verständnisvoll willigte sie ein und winkte ihnen noch aus dem geöffneten Fenster hinterher, als sie in dem schnittigen Sportwagen um die nächste Straßenecke bogen.

21. Gewissensbisse

Jennie wartete unterdessen zunehmend ungeduldiger auf den neu erworbenen Freund der Familie. Die Kinder waren schon über hundertmal die Straße herauf und hinunter gelaufen. Nun drückten sie sich enttäuscht und entsetzlich quengelig in der Küche herum.

"Holger kommt wohl nicht mehr. Ich mache jetzt Mittag für euch", beendete die Mutter das aussichtslose Warten.

"Er hat's doch aber versprochen!" Sabrina stampfte wütend mit dem Fuß auf. Tränen der Enttäuschung standen in ihren Augen.

"Vielleicht muss er noch arbeiten", versuchte die kleine Nadine den netten Mann in Schutz zu nehmen.

"Will Tarresell, will Tarresell fahn!", schrie der kleine Tobias dazwischen.

"Geht nach draußen in den Garten. Das Essen dauert noch etwas", schickte Jennie die nervige Rasselbande hinaus, während sie krampfhaft überlegte, was sie tun könnte.

Sie besaß Holgers Heimatadresse, wusste aber nicht, wo er sich in Aurich eingemietet hatte. Hotels und Pensionen gab es hier wie Sand am Meer. Die konnte sie unmöglich alle anrufen. Also beschloss sie, es unter der Adresse in Düsseldorf zu versuchen, vielleicht hatte er irgendwelche Mitbewohner oder wenigstens einen Anrufbeantworter.

Sie ließ sich von der Telefonauskunft seine Nummer geben und wählte kurz entschlossen, während die Nudeln für ihre Kinder auf dem Herd sprudelnd kochten.

Saskia hatte das Privattelefon auf ihr Büro umgestellt. Das tat sie immer, wenn längere Zeit weder Holger noch sie erreichbar waren.

"Architekturbüro von Burg, Peters am Apparat", meldete sich gelangweilt das neue Lehrmädchen, das um die Mittagszeit Telefondienst machen musste.

Jennie schluckte einen Moment, weil sie etwas verwirrt war.

"Hallo?", klang es fragend aus dem Hörer.

"Ich möchte gern den Architekten, Herrn Jaspers sprechen. Hier ist Jennie Uphoff." Sie sprach zaghaft und leise.

"Ich verstehe Sie leider sehr schlecht. Herrn Jaspers wollen Sie sprechen? Den Mann von unserer Chefin? Der ist aber keiner unserer Architekten. Soviel ich weiß, arbeitet der als Versicherungsdetektiv. Worum geht es denn? Vielleicht kann ich was ausrichten?" Das unerfahrene Mädchen plauderte frisch von der Leber weg.

Jennie schluckte einen Moment entsetzt. Ihr hallten die Worte schmerzhaft in den Ohren.

"Wo kann ich ihn erreichen?", fragte sie die verhängnisvolle Plaudertasche steif.

"Herr Jaspers ist zurzeit irgendwo in Norddeutschland beruflich unterwegs. Seine Adresse haben wir leider nicht. Aber er wird sicher in den nächsten Tagen wieder erreichbar sein. Geben Sie mir doch einfach Ihre Telefonnummer. Er ruft Sie dann gern zurück." Fräulein Peters sprach betont verbindlich, wozu sie während der Ausbildung ständig angehalten wurde. Hinter jedem Anrufer konnte sich ein potentieller Kunde verbergen.

"Nein, danke. Ich rufe vielleicht wieder an", brach Jennie das unerfreuliche Gespräch ab, ohne sich zu verabschieden und legte verstört den Hörer auf.

In trüben Gedanken verstrickt, ließ sie sich in der Küche auf einen Stuhl fallen und stützte den Kopf in beide Hände.

Sie vergaß das Essen auf dem Herd.

Sie vergaß ihre drei Kinder.

Tränen der bitteren Enttäuschung begannen aus ihren hellen blauen Augen auf die bunte Plastikdecke zu tropfen. Erst kullerten sie verstreut auf der glatten Fläche umher, dann vereinigten sie sich zu einer kleinen Pfütze, die sich, der Schwerkraft folgend, in Richtung der linken Tischecke auswölbte, bevor sie allmählich in der sommerlichen Wärme verdunstete.

Hatte Ubbo sie nicht immer gewarnt, dass diese Schmuser allesamt widerliche Lügner seien? Seit seinem Tod kannte sie bisher nur das angenehme Gefühl der Befreiung von einem unerträglichen Joch. Nun bedauerte sie zum ersten Mal, dass er ihr nicht mehr zur Seite stand.

Ubbo würde dem unverschämten Kerl, der seiner kleinen Frau so übel mitgespielt hatte, ohne zu zögern das makellos glatte Gesicht verbeulen.

Wer konnte ihr jetzt noch beistehen? Dieser elende Schnüffler hatte sich so raffiniert in ihr intimstes Privatleben eingeschlichen, dass ihn sogar die Kinder liebten. Wahrscheinlich waren seine Nachforschungen erfolgreich abgeschlossen, und sie würde demnächst von anderer Stelle unangenehme Nachrichten bekommen.

Sie begann zu rekonstruieren, was sie ihm alles erzählt hatte. Dabei erinnerte sie sich böse, dass sie ihm mehrfach Gelegenheit gab, in ihren Sachen zu schnüffeln oder die Mädchen auszuhorchen. Jeder kleinen unschuldigen Begebenheit maß sie nachträglich unheilvolle Bedeutung bei. Ihr Kopf fühlte sich an, als wolle er zerspringen. Die Augen brannten fast so schmerzvoll, wie ihr frustriertes Herz.

Sabrina kam maulend in die Küche: "Mama, ist das Essen endlich fertig? Wir haben Hunger."

"Augenblick noch." Jennie raffte sich auf und schüttete die matschigen Nudeln in ein Sieb.

"Sabrina, deck eben den Tisch und ruf dann die Kleinen", bat sie müde.

"Mama? Was ist los? Warum weinst du? Ist was mit Holger?" Das zehnjährige Mädchen beobachtete die Mutter beunruhigt von der Seite, während es die Teller lustlos auf den Küchentisch stellte.

"Ach, lass mich. Ich hab furchtbare Kopfschmerzen." Jennie drehte sich von der Tochter weg und wischte zum wiederholten Male die Tränen aus den geröteten Augen.

"Ich lege mich 'ne Stunde hin. Sei lieb zu den anderen, und füttere Tobias!" Sie verschwand, ohne ihre Älteste anzusehen, im Schlafzimmer. Ihr schlechtes Gewissen plagte sie gewaltig.

Auf den erstbesten hergelaufenen Typen war sie hereingefallen. Ohne das Bett aufzuschlagen, warf sie sich schluchzend direkt auf die Tagesdecke. Die schöne neue Bettwäsche wollte sie nie mehr sehen. Sie würde sie waschen und irgendwo verstecken, um nicht mehr an ihr Erlebnis mit Holger erinnert zu werden.

Dass ein Mensch so überzeugend schauspielern konnte, war ihr ein vollkommenes Rätsel. Über ihrem Grübeln und Weinen schlief sie schließlich für zwei Stunden fest ein.

Jennie erwachte von dem lauten Streiten ihrer beiden Töchter im darüber gelegenen Kinderzimmer. Sie fühlte sich etwas besser. Der tiefe Schlaf hatte sie beruhigt und erfrischt.

Ihr kam der Gedanke, sich an ihre Brüder zu wenden. Aus den rotznäsigen Bengeln waren inzwischen stattliche erwachsene Männer geworden. Leider hatte sie den Kontakt zu ihnen in den letzten Jahren nicht sehr intensiv gepflegt. Hin und wieder tauschten sie telefonisch familiäre Neuigkeiten aus. Zur Beerdigung ihres Mannes konnte nur einer der Drei kommen. Die beiden Anderen entschuldigten sich mit wichtigen Terminen und schickten Geld.

Ihr jüngster Bruder lebte seit einem Jahr mit seiner Frau und deren Eltern in einem neugebauten Haus. Er erwartete bald sein erstes Kind. Der ältere war Anwalt geworden. Er hatte sie sogar zu seiner bestandenen Prüfung eingeladen. Sie musste aber leider damals absagen, weil sie kurz vor der Niederkunft mit Tobias stand. Außerdem verstanden sich Andreas und Ubbo überhaupt nicht. Sie hatte manchmal das Gefühl gehabt, dass sich die beiden ihretwegen hassten.

Zu ihrem anderen Bruder Tobi bestand noch die engste Bindung. Er war unverheiratet, weil er sich nur für seinen Sport interessierte. Als Postangestellter verfügte er über viel freie Zeit und die Gelegenheit, seine Schwester manchmal tagsüber kostenlos anzurufen. Sie hatte sogar ihren Sohn nach ihm benannt. Die Kinder schätzten diesen Onkel sehr, weil er ihnen immer kleine bunte Geburtstagspäckchen schickte.

Jennie rief ihn kurz entschlossen an, erklärte ihm anrissweise ihre verfahrene Situation und bat ihn, sie zu besuchen. Er war gleichermaßen verwirrt wie überrascht von ihrem konfusen Anruf, merkte aber sofort, dass sie Hilfe brauchte. Deshalb versprach er, so bald wie möglich zu kommen.

Schon sichtlich beruhigter ging sie anschließend in die Küche. Auf dem sauber abgeräumten Tisch lag eine halbfertige Bastelei von Sabrina. Auf der Anleitung stand:

"Viele Stiche prägen ein Herz."

Mit etwas gutem Willen konnte Jennie bereits eine halbe Herzform erkennen, die das Mädchen schon mit viel Fleiß fertig gestichelt hatte. Traurig lächelnd packte sie die Sachen zur Seite.

Das schmutzige Geschirr türmte sich in der Spüle. Sie spürte das unangenehme Rumoren ihres leeren Magens. Ein Blick in den noch halbvollen Topf auf dem Herd verdarb ihr den Appetit. Den eklig zusammengeklebten Nudelmatsch schienen auch die Kinder nicht gemocht zu haben. Da half selbst die geschmacksverstärkte Fertigsoße nicht, welche in der Fernsehwerbung täglich angepriesen wurde.

Sie stellte sich das Gesicht ihrer verstorbenen Schwiegermutter vor und sofort keimte ihr schlechtes Gewissen auf. Eilig wusch sie das Geschirr ab, schüttete das verkochte Essen in die Biotonne und holte Kuchen aus dem Schrank. Dann stellte sie den Wasserkocher für den Tee an und rief ihre Sprösslinge zu sich.

22. Beziehungskrise

Saskia und Holger waren während dessen längst in dem repräsentativen Ferienhaus etwas außerhalb von Norddeich angekommen. Die Hausmeisterin hatte ihnen den Schlüssel ausgehändigt. Dann blieben sie wieder mit sich allein. Von dem Rummel, der ansonsten in dem kleinen Ort herrschte, merkte man in dieser Randlage wenig. Das rote Klinkerhaus stand auf einem riesigen Grundstück von hohen Bäumen umgeben in Deichnähe. Es gab sogar einen kleinen See.

Unter anderen Bedingungen wären Holger ein paar Tage Urlaub in dieser ländlichen Idylle sehr angenehm gewesen. Zum richtigen Ausspannen konnte es keinen geeigneteren Ort geben. Ja, er hätte aus dem teilweise verglasten Dachgeschoss sogar den geliebten Sternenhimmel ausgezeichnet beobachten können. Hier draußen wurde die nächtliche Dunkelheit jedenfalls nicht von störenden künstlichen Lichtquellen durchflutet.

In düstere Gedankenwolken gehüllt schritt Holger durch den parkartigen Garten. Saskia hatte sich beleidigt in eines der Schlafzimmer zurückgezogen. Da er seinen Wagen bei der Pension stehen lassen musste, und die Schlüssel zum Cabrio sich in ihrer Handtasche befanden, konnte er nun schlecht entwischen, um mit Jennie zu sprechen. Telefon gab es im Haus leider nicht. Der Geschäftsmann, dem es gehörte, wollte hier während einiger Tage im Jahr gänzlich ungestört sein. Und an Saskias Handy kam er nicht heran, weil sie es ständig bei sich trug.

Er überlegte, wie er die verfahrene Beziehungskiste wieder in den Griff bekam, ohne allzu viel Porzellan zu zerschlagen. Am nächsten Tag musste er seinen eigenen Wagen in Aurich abholen. Vielleicht konnte er unter einem Vorwand vermeiden, dass Saskia ihn begleitete. Erst wenn er mit Jennie alles geklärt hatte, wollte er seiner Lebensgefährtin reinen Wein einschenken.

Ihm wurde für einen Moment schemenhaft bewusst, dass er im Begriff stand, seine gesamte bisherige Existenz wie ein schimmliges Butterbrot wegzuwerfen. Der Preis erschien ihm jedoch für den Gewinn, der verlockend winkte, nicht zu hoch. Er fühlte sich ohne Jennie und die Kinder so unendlich einsam und nutzlos. Nichts schien diese schmerzende Lücke in seinem Innern im Augenblick schließen zu können. Sehnsüchtig versetzte er sich an den Strand von Norderney zurück und durchlebte die unbeschwerten Szenen wieder und wieder.

"Willst du vielleicht den ganzen Tag hier im Garten hocken, oder können wir uns noch etwas von der entzückenden Gegend ansehen?" Saskias Befinden war jetzt etwas erfreulicher, wie er an ihrer munteren Stimme bemerkte. Er bemühte sich, sie für den Rest des Tages bei Laune zu halten, indem er ihren Hunger nach Unterhaltung kräftig sättigte.

Saskia war in allem maßlos. Sie arbeitete wie ein Pferd oder feierte wie ein rheinischer Karnevals-Prinz. Sie fraß wie ein Scheunendrescher oder hungerte wie ein Einsiedler in der Wüste. Sie hasste wie der Teufel oder liebte wie eine griechische Göttin. Wenn sie Urlaub machte, musste sie unbedingt jede noch so mickrige Sehenswürdigkeit persönlich in Augenschein nehmen.

Holger bewunderte ihre außergewöhnliche Kondition. Meistens nahm sie sich zwischendurch nicht einmal Zeit für einen Kaffee - von Essen ganz zu schweigen. Nein, beschaulich war es mit Saskia nie. Sie sprühte ständig vor Kreativität und

Tatendrang. Dazu kamen ihre dauernden Stimmungsschwankungen.

Glücklicherweise konnte Holger sie überreden, wenigstens zum Abendbrot in einer Gaststätte einzukehren. Sie bestellte sich nur einen Salat und schob den Teller nach zwei Happen angeekelt von sich. Er aß sich trotzdem tüchtig satt. Wer konnte schließlich wissen, wann es wieder etwas Richtiges gab!

Es war schon spät, als beide in das Ferienhaus zurückkamen. Saskia erfreute sich scheinbar bester Laune. Sie hatte ihm offensichtlich, nach diesem abwechslungsreichen gemeinsamen Nachmittag, alles verziehen und bat ihn sogar, ihr beim Öffnen ihres Reißverschlusses behilflich zu sein.

An ihrer ganzen Art merkte er, dass sie beabsichtigte, den Abend mit einer sehr intimen Versöhnungsfeier abzuschließen. Leider wurde die Sache ein fürchterlicher Reinfall, da sich Holgers kleiner Freund zu nichts überreden ließ. Nach verschiedenen erfolglosen Bemühungen drehte ihm Saskia schließlich völlig frustriert ihren knochigen Rücken zu und löschte das Licht.

"Es tut mir wirklich leid, Liebes. Aber das geht eben nicht immer auf Kommando", stammelte

Holger entschuldigend. Dann schwiegen sie beide in die Dunkelheit hinein, bis der Schlaf sie von den trüben Gedanken und belastenden Gefühlen gnädig erlöste.

23. Verletzungen

Am frühen Morgen erwachte Holger aus unruhigen Träumen und suchte verschlafen die Toilette auf. Saskia atmete völlig ruhig und gleichmäßig. Hinterhältig machte er sich ihren tiefen Schlaf zunutze. Schleunigst zog er sich an, steckte Papiere und Geld ein und stahl sich einfach davon. Auf den Tisch legte er vorsichtshalber einen Zettel mit der knappen Erklärung:

"Hole in Aurich meinen Wagen ab. Bis später!"

Als er das Grundstück verließ, sah er den grünen Deich wie eine exakt gezogene Linie im freundlichen Licht des Sommermorgens vor sich liegen. Es reizte ihn, den landeinwärts steilen Wall zu erklimmen, um einen Blick auf das wie unberührt daliegende Wattenmeer zu werfen. Schwarzglänzend bot es sich seinen erwartungsvollen Augen dar. Nur einige Vögel stocherten darin mit langen gebogenen Schnäbeln nach Essbarem.

Weiter in der Ferne erkannte er die Insel Norderney. Sie war in leichten Dunst gehüllt wie eine junge Braut in ihren verführerischen Schleier. Die frische Luft roch nach Meer. Tief durchatmend schritt er auf dem verlassenen Deich entlang in Richtung Hauptstraße. Er benötigte fast eine halbe Stunde.

Es war um diese Zeit noch sehr ruhig in Norddeich. Nur wenige Passanten und einige Autos waren unterwegs. Zwei scheinbar herrenlose Hunde streunten umher und erledigten ihr erstes Tagesgeschäft dreist an den weißen Zäunen gut gepflegter Nachbargärten.

Bald hatte er zwar eine Haltestelle gefunden, aber das öffentliche Nahverkehrsnetz ließ sehr zu wünschen übrig. Er hätte noch lange auf einen Bus warten müssen. So ergriff er die Gelegenheit beim Schopf und winkte einem leeren Taxi, das auf der Rückfahrt vom Bahnhof die Fahrbahn entlang raste. Der Wagen stoppte sofort mit quietschenden Reifen, und Holger stieg ein.

Mit solch einem guten Geschäft hatte der junge Taxifahrer an diesem frühen Morgen nicht gerechnet. Er war besonders guter Dinge, als er in Richtung Aurich steuerte und bedankte sich innerlich für die unregelmäßigen Busverbindungen hier an der Küste.

Holger schaute zufrieden aus den blank geputzten Autoscheiben. Die flache grüne Landschaft jagte zu beiden Seiten der Straße an ihnen vorbei. Überall grasten gemächlich die typischen schwarzweißen Kühe. Manchmal sah er auch kleinere Schafherden oder Gruppen von edlen Zuchtpferden.

Einzeln stehende Gehöfte duckten sich zwischen Baumanpflanzungen in die weite Ebene. Je mehr sie sich der Kreisstadt näherten, umso dichter wurde die Besiedlung. Bald tauchten die üblichen großen Einkaufszentren am Stadtrand vor ihnen auf.

Der Taxifahrer schimpfte über den werktäglichen Verkehrsstau, brachte seinen Fahrgast aber trotz allem sicher und zügig zu Frau Jansens Pension. Die Wirtin ließ sich glücklicherweise nicht blicken, so wechselte Holger schnell in den Leihwagen und fuhr ohne Zeit zu verlieren zur Autowerkstatt.

Mehrere Monteure waren schon fleißig bei der Arbeit. Der reparierte BMW wartete abholbereit auf dem Firmengelände. Nachdem die Rechnung bezahlt war, stieg Holger endlich wieder in seinen geliebten gepflegten Wagen. Angewidert schnupperte er. Die Mechaniker hatten in seinem Wagen geraucht!

Er öffnete die Seitenfenster und startete gefühlvoll. Der gewohnte Sound des sportlichen Motors ließ sein Herz ein wenig höher schlagen. Dann steuerte er direkt auf die Innenstadt zu, weil er Jennie nicht so früh am Morgen überfallen wollte und sein Magen hungrig knurrte. Nachdem er das Auto in der Tiefgarage abgestellt hatte, nahm er in einem Café ein umfangreiches Frühstück zu sich. Anschließend besorgte er einen dicken bunten Blumenstrauß als Entschuldigung für die Geliebte und machte sich auf den Weg zu ihr.

Pünktlich zur Zeit des Elf-Uhr-Tees hielt Holger vor Jennies Haus. In der Einfahrt stand ein ihm unbekannter dunkelroter Audi mit einem Autokennzeichen von Hannover. Sie schien Besuch zu haben. Holger hoffte, dass er trotzdem ein paar ungestörte Worte mit ihr wechseln könnte, stieg aus dem Wagen und ging etwas unsicher mit dem üppigen Blumenstrauß zum Haus.

Eine Nachbarin, die ihren Hund Gassi führte, beäugte ihn neugierig und blieb unverschämt neben der Hauseinfahrt stehen. Holger klingelte zweimal kurz und wartete. Er hörte den unangenehm lauten Gongton bis draußen.

Nach einer halben Ewigkeit öffnete sich endlich die Haustür. Es war nicht Jennie, die ihm gegenüberstand, sondern ein muskelbepackter junger Mann mit Stachelhaarschnitt, sonnengebräuntem freien Oberkörper und einem abweisenden Gesicht.

"Was willst du noch hier, du mieses Spitzelschwein? Jennie weiß längst über dich Bescheid", schleuderte Tobi ihm bissig entgegen. Im Hintergrund erschien seine Schwester weinend im Flur.

"Wer sind Sie? Ich weiß nicht, was Sie meinen. Kann ich nicht mit Jennie selbst sprechen?" Holger blieb höflich wie immer. Und obwohl er die offene Aggressivität seines Gegenübers deutlich spürte, wagte er den mutigen Versuch, an ihm vorbei zu Jennie zu gelangen.

Das ging dem Durchtrainierten gegen die Ehre. Mit wütendem Gebrüll stürzte er sich auf Holger und traktierte ihn mit seinen mächtigen Fäusten. Der ließ die Blumen fallen, um sich nach Leibeskräften zu wehren. Wie zwei Halbstarke wälzten und prügelten sich die beiden Männer in der Hauseinfahrt. Jennie und die Kinder liefen entsetzt schreiend und weinend um sie herum.

Für die Nachbarin mit ihrem gestylten Pudel war das ein Feiertag! Nachdem sie eine Weile dem brutalen Gerangel sensationslüstern zugesehen hatte, lief sie kurzerhand zum Telefon und rief die Polizei.

Erst die mit Sirenengeheul herbeigeeilten Uniformierten konnten der inzwischen blutigen Prügelei ein Ende setzen. Holger war unfähig, vom Boden aufzustehen. Ein Polizist hielt den wutentbrannten Tobi, der mit blutverschmierten Fäusten noch immer kampfeslustig dastand, in Schach, während der andere einen Rettungswagen rief. Jennie brachte die Kinder ins Haus und kam dann mit einer kleinen Reisetasche wieder heraus.

"Lassen Sie meinen Bruder. Er kann nichts dafür. Sie können mich mitnehmen. Ich bin schuldig am Tod meines Mannes!", sagte sie sehr gefasst. Die Polizisten sahen sie ebenso ungläubig an, wie ihr Bruder Tobi.

Holger nahm alles nur sehr gedämpft wahr, so als sei es ein Traum. Rettungssanitäter betteten ihn vorsichtig auf eine Trage zum Abtransport ins nächste Krankenhaus. Sein letzter Blick fiel auf die tieftraurige Nadine, die ihr kleines Brüderchen hinter dem Kinderzimmerfenster krampf-

haft hoch hielt und Holger durch einen Tränen-
schleier enttäuscht und vorwurfsvoll ansah.
Schmerzliche Trauer stieg, seinen Verstand läh-
mend, aus einer nie berührten Empfindungsebe-
ne in ihm auf, dann verlor er das Bewusstsein.

24. Genesung

Als Holger wieder zu sich kam, wurden seine Prellungen und Platzwunden gerade von einem jungen ausländischen Arzt behandelt. Er war freundlich und sehr vorsichtig, dennoch hatte Holger am ganzen Körper fürchterliche Schmerzen.

"Bleiben Sie bitte ganz ruhig. Sie haben eine Gehirnerschütterung und ihre Rippen sind angebrochen. Gleich spritze ich Ihnen ein Schmerzmittel, dann wird alles erträglicher." Der Doktor sprach einwandfreies Deutsch mit einem leichten Akzent. Holger brachte nur ein schwaches "Ja, Danke!" hervor, weil auch sein Gesicht fürchterlich angeschwollen war. Nach der Spritze schlief er sofort tief ein.

Das zweite Mal befand er sich beim Erwachen in einem typischen Krankenzimmer. Neben ihm schnarchte ein alter Mann wie ein ganzes Bataillon betrunkener Soldaten. Das Bett an seiner anderen Seite war leer. Durch das nur halb zugezogene Fenster blickte die dunkle Nacht in den schmucklosen spärlich beleuchteten Raum. Er spürte eindeutigen Druck auf der Blase und wollte sich aus dem Bett erheben, als ihn ein durchdringender Schmerz sofort innehalten ließ.

Hilflos sank er in die Kissen zurück und entschloss sich, lieber der Nachtwache zu klingeln. Eine verschlafene Schwester brachte ihm die gebogene Flasche, um seine Blase zu entleeren. Nachdem sie ihm auch noch eine Tasse kalten Pfefferminztee aufgedrängt hatte, verschwand sie wieder und überließ ihn seinen qualvoll aufsteigenden Erinnerungen.

Saskia bekam einen leichten Wutanfall, als sie gegen zehn Uhr allein im Bett erwachte und anschließend Holgers lieblosen Zettel vorfand. Sie verstand die Welt nicht mehr. Ihr Lebensgefährte war bis vor kurzem noch so verlässlich und liebevoll gewesen. Dieser Auftrag hatte ihn vollkommen verändert. Einen einmaligen kleinen Seitensprung, war sie bereit zu verzeihen, aber es schien etwas anderes hinter seinem seltsamen Benehmen zu stecken.

Jedenfalls war sie nicht bereit, in dieser Einsamkeit vor sich hin zu grübeln, sondern beschloss, den Tag auf einer der Ostfriesischen Inseln möglichst unbeschwert zu verbringen. Er sollte sie ruhig gehörig vermissen, wenn er zurückkam — vor allem, weil er keinen eigenen Hausschlüssel besaß.

Sie packte einige Sachen zusammen und machte sich zu Fuß auf zur Fähranlegestelle im Norddeicher Hafen.

Nach vielen sehr sonnigen unterhaltsamen Stunden kehrte sie abends müde in das Ferienhaus zurück und musste feststellen, dass ihr Gefährte immer noch nicht zurückgekehrt war. Sie verbrachte eine unruhige einsame Nacht.

Dann entschloss sie sich verärgert, den Spontan-Urlaub abzubrechen und nach Düsseldorf zurückzukehren. Über kurz oder lang würde Holger schon wieder zu Verstand kommen und zu Hause auftauchen. Sie wollte sich derweil zur Ablenkung in die Arbeit stürzen. Das half bei ihr immer am besten.

Erst am Freitagabend meldete sich Holger telefonisch bei ihr. Er hatte das Gespräch so lange wie möglich hinausgeschoben.

"Hallo, Saskia, ich rufe aus dem Krankenhaus an!" Sie schwieg einen Moment erschrocken. In allen vergangenen Nächten hatte sie wachgelegen und diese Situation immer wieder gedanklich durchgespielt, und nun stellte sich heraus, dass die mehrfach zurechtgelegten schneidenden Formulierungen hier fehl am Platze waren, weil ihren Lebensgefährten offenbar gar keine Schuld traf.

"Oh, Honey! Was um Himmelswillen ist passiert? Hattest du wieder einen Unfall mit dem Wagen?", fragte sie nach dem ersten lähmenden Schrecken.

"Nein, viel schlimmer: Man hat mich zusammengeschlagen! Ein paar Rippen sind angeknackst, und ich habe am ganzen Körper Prellungen. Aber es geht mir schon etwas besser", erklärte Holger Mitleid heischend.

"Ach, mein Gott! Wie konnte denn so etwas passieren? Hängt es mit diesem unglückseligen Fall zusammen?" Saskia wirkte überaus beunruhigt. Ihr Verdacht, dass irgendetwas nicht stimmte, schien sich zu bestätigen.

"Ja, du hast recht. Aber ich erzähle dir alles später ausführlich. Das Reden fällt mir noch ziemlich schwer", log er, den lästigen Fragen vorerst ausweichend. Mit Jennie war ja nun alles zu Ende. Warum sollte er Saskia noch mit irgendwelchen peinlichen Beichten belasten. Er beendete das Gespräch freundlich aber bestimmt.

Nach dem Wochenende sollte er aus dem Krankenhaus entlassen werden. Die Weiterbehandlung konnte dann in Düsseldorf erfolgen. Bis dahin hatte er noch ausreichend Zeit über seine Situation nachzudenken.

So, wie vor seiner Begegnung mit Jennie und den Kindern, würde sein Leben nie wieder sein, das ahnte er.

25. Rückkehr

Montagmorgen verließ er nach der abschließenden Untersuchung das Krankenhaus. Die Schmerzen waren jetzt viel erträglicher und mit dem stützenden Korsett nur noch bei bestimmten unkontrollierten Bewegungen zu spüren. Das Autofahren klappte ganz leidlich, wenn er die Rückenlehne des Sitzes etwas senkrechter stellte und den Oberkörper nicht stark drehte. Mit ein paar kurzen Kaffeepausen fuhr er auf direktem Weg in sein altes Zuhause.

Natürlich erwartete ihn in der sauberen Designerwohnung in Düsseldorf wie gewöhnlich niemand. Der Kühlschrank starrte ihn genauso frostig und leer an, wie die einzelnen schön gestalteten Zimmer. Der empfindliche flauschige Teppichboden dämpfte seinen Schritt, als er durch den Wohntrakt zur aus Stahl sehr leicht konstruierten Wendeltreppe trottete, um sein eigenes Zimmer in der oberen Etage zu erreichen. Hier war es weniger aufgeräumt. Die Möblierung war interessant, weil jungesellenmäßig unkonventionell aber keineswegs modernistisch.

Saskia hatte sein Gepäck einfach mitten in den Raum geworfen. Mit vorsichtigen Bewegungen machte er sich daran, seine schmutzige Wäsche hervorzukramen und stopfte einen Teil davon gleich in die Waschmaschine. Während er das gewohnte Waschprogramm wählte, klingelte das Telefon.

"Jaspers!", meldete sich Holger etwas barsch, denn er hatte sich in der Eile ruckartig schmerzvoll gereckt, um den Hörer zu erreichen.

"Holger! Na, toll das ich dich endlich erwische! Von dir hört man ja Sachen ..." Es war sein Verbindungsmann bei der Versicherung, gleichzeitig ein guter Bekannter, am anderen Ende der Leitung.

Holger kam überhaupt nicht zu Wort, so enthusiastisch redete Werner wie ein Wasserfall auf ihn ein: "Hämmersbacher ist einfach begeistert von deinem Erfolg! War ja sozusagen Rettung in letzter Minute. Er will neben der gewöhnlichen Prämie noch Schmerzensgeld abdrücken. Du bist wirklich im Moment unser bestes Pferd im Stall. Glückwunsch, auch von mir, alter Freund! Aber wie geht es dir überhaupt? Du sagst ja gar nichts."

"Hallo, Werner, schön, dass du anrufst. Ach, es geht schon besser. Bald bin ich hoffentlich wieder völlig auf dem Damm. Der Fall hat mich geschlaucht. Man wird eben nicht jünger. Ich bringe in den nächsten Tagen meinen Bericht vorbei, dann könnten wir mal wieder gemeinsam ein Bierchen zischen. Was sagst du dazu?" Holger bemühte sich den Bekannten nicht merken zu lassen, in welch instabiler psychischer Situation er sich befand, denn ihm war im Moment absolut nicht nach Seelenstriptease.

Doch Werner war völlig unbedarft. Er hatte noch nicht mit Saskia gesprochen, sondern durch einen Routineanruf bei der Auricher Polizei, kurz vor Anweisung der Versicherungssumme, von den Vorgängen erfahren.

"Ja, der Chef hat schon nach dem Bericht gefragt. Ruf mich vorher kurz an, damit ich auch Zeit für dich habe. Mach es gut Holger, halt die Ohren steif, bis bald dann", verabschiedete er sich kumpelhaft.

Holger rang sich noch ein paar verbindliche Worte ab und war froh, das Gespräch beenden zu können. Er würde in den nächsten Tagen eine beachtliche Prämie dafür erhalten, dass er seine geliebte verletzliche Jennie ans Messer geliefert hatte. Wie sollte er mit dieser Schuld leben? Er sah die traurigen Kinderaugen fragend auf sich gerichtet.

"Warum hast du unser Leben zerstört?", schienen sie ihn anzuklagen.

Er kam sich schmutzig und moralisch verwerflich wie ein Kopfgeld-Jäger vor. Als sei er, auf der Suche nach einer kostbaren seltenen Blume, voll selbstsüchtiger Neugierde in ein fremdes Universum eingedrungen und habe dort, nicht nur durch unverzeihliche Unachtsamkeit sondern geradezu boshaft, die wundervolle Pflanze zertreten und außerdem noch ein tödliches Virus verbreitet. In tiefer Verzweiflung stützte er seinen schmerzenden Kopf in beide Hände.

Niemals würde er sich das vergeben können!

Mehrere Stunden lag Holger fast unbeweglich auf seinem Bett und brütete düstere Gedanken aus. Eines wurde ihm dabei nach und nach klar: Er liebte Jennie mit einer nie gekannten Heftigkeit!

Schließlich setzte er sich an seinen Schreibtisch, der aus zwei Holzböcken mit einer großen gelaugten Kiefernplatte konstruiert war, und schrieb der Geliebten einen ausführlichen Brief. Noch wusste er nicht, wo sie sich zurzeit befand, aber für einen guten Detektiv stellte das kein wirkliches Problem dar. Also verschwendete er vorerst keinen weiteren Gedanken an ihren Aufenthaltsort, sondern versuchte seinen verwirrten Gefühlen, auf dem glücklicherweise geduldigen Papier, Ausdruck zu verleihen.

Er schrieb sich mehrere Seiten Lust und Frust von der Seele und bat immer wieder aus tiefstem Herzen um Vergebung und eine zweite Chance. Wenn Jennie auf diesen Hilferuf nicht reagierte, war sie seiner Liebe nicht wert, und er wollte versuchen, sie zu vergessen. Aber er rechnete sich keine geringe Wahrscheinlichkeit einer positiven Reaktion aus. Schon viel ruhiger steckte er den Brief in ein Kuvert und verschloss ihn sorgfältig. Dann packte er ihn in seinen Aktenkoffer und ging äußerst zufrieden mit sich zu Bett.

Saskia hatte bis in die Nacht gearbeitet und traf Holger demzufolge in tiefem Schlaf an. Wenn sie nicht zu Hause war, übernachtete er immer in seinem eigenen Zimmer. Sie betrachtete ihn überlegen lächelnd, beruhigt, dass er wieder bei ihr war, und schlief in dieser Nacht zum ersten

Mal seit langem sehr erholsam und entspannt ein.

Frühmorgens erwachte sie wunderbar ausgeruht und in bester Stimmung. Leise betrat sie Holgers Zimmer. Er atmete noch ruhig und gleichmäßig. Sehr vorsichtig trat sie an sein Bett und beobachtete einige Minuten, den ohne Bewusstsein friedlich ruhenden Körper. Die leichte Decke war ihm teilweise entglitten und gestattete ihr einen freien Blick auf seine, bis auf das ungewohnte Stützkorsett, nackte Rückseite.

Sie liebte die natürlich gebräunte Haut und den knackigen Männerhintern. Ihrer Meinung nach hätte Holger sich ohne Anstrengung als Model bewerben können. Aber er hatte keinen Sinn fürs Geldverdienen oder eine große Karriere. Na, immerhin konnte sie ihn damals davon überzeugen, seinen öden Bürojob an den Nagel zu hängen.

Wenn sie ehrlich Bilanz zog, war das vielleicht keine so gute Entscheidung gewesen. Seine verstärkten Freiheitsbestrebungen gingen ihr inzwischen gehörig auf die Nerven. Er wirkte im Schlaf fast unanständig jungenhaft. Mechanisch strich sie ihm eine verirrte Haarsträhne aus dem Gesicht. Dann verließ sie geräuschlos den Raum.

Sentimentalitäten waren nicht Saskias Stärke, deshalb stürzte sie sich gleich anschließend in den üblichen Tagesablauf. Über ihrer Körperpflege und dem kargen Frühstück, mit dem Terminplaner neben sich, vergaß sie den Lebensgefährten sehr gründlich.

Als Holger gegen Neun erwachte, war Saskia schon längst auf dem Weg ins Ruhrgebiet zu einer wichtigen geschäftlichen Besprechung. Er beschloss das Frühstück in seinem Stammcafé in der Düsseldorfer Innenstadt einzunehmen.

Sorgfältig kleidete er sich an. Sein äußerst kritischer Kontrollblick in den großen Spiegel stellte ihn einigermaßen zufrieden. Er war zwar unrasiert, aber das gab ihm gerade den gewissen verwegenen Anstrich, der sich zurzeit wieder einmal äußerster Beliebtheit erfreute.

Im Hinausgehen ergriff er noch den Beutel mit seiner verschmutzten Garderobe, den er bereits am Vorabend zurechtgelegt hatte. Dann schlenderte er gelassen, wie ein echter Müßiggänger, durch die Grünanlagen zur Reinigung und, umgeben von der lauten Geschäftigkeit der morgendlichen Großstadt, weiter zu seinem Zielort.

Das Frühstück wurde ihm heute von einer neuen Bedienung serviert. Sie erinnerte ihn schmerzlich an Jennie, obwohl sie, genau betrachtet, kaum etwas mit ihr gemeinsam hatte. Vielleicht war es einfach ihre freundliche naive Art, mit der sie die Kunden bediente, die das geliebte Bild in seinem Herzen aktivierte.

Ungewöhnlich schnell, ohne jeglichen Genuss, verschlang er die Croissants und schüttete den guten Kaffee in sich hinein, während er seinen gehetzten Blick keinen Moment von der jungen Frau lassen konnte. Dann zahlte er mit dem üblichen Trinkgeld. Die Serviererin schenkte ihm ein strahlendes Lächeln und wünschte einen erfolgreichen Tag. Angespornt durch ihre Freundlichkeit, fühlte er sich plötzlich wie ausgewechselt.

Sein Innerstes spannte sich an, verdrängte den geliebten Schlendrian und wandte sich voller Geschäftigkeit dem Vorsatz zu, so schnell wie möglich Jennies Aufenthaltsort herauszufinden.

Dies gelang ihm auch tatsächlich mit einigen geschickten Anrufen. Danach sandte er den Brief an die Anstalt, in der sie bis zum Prozess in Untersuchungshaft saß. Er hoffte, dass sie ihn bald erhalten und ihm durch ihre Antwort endgültige Gewissheit verschaffen würde.

Inzwischen fasste er seinen Bericht für die Versicherung ab. Er versuchte Jennie darin möglichst zu schonen und stellte ihre Tat als vermutliche Kurzschlusshandlung in äußerster Verzweiflung dar.

Für die betrogene Versicherungsgesellschaft spielten Jennies Motive zwar nicht die geringste Rolle. Bei Fremdverschulden musste sie im vorliegenden Fall keinen Pfennig zahlen. Sollte er jedoch die günstige Gelegenheit erhalten, in Jennies Prozess auszusagen, durften in seiner Darstellung keinesfalls zusätzliche Belastungspunkte auftauchen. Er würde ein Zeuge der Verteidigung sein, das stand für ihn felsenfest - egal, wie Jennie sich im Bezug auf seine Person entscheiden mochte.

26. Endloses Warten

Die folgenden Wochen vergingen für Holger wie im Schneckentempo. Jeden Tag wartete er sehnsüchtig auf den Briefträger. Dann rannte er sofort nach unten ins Büro und riss die Post ungeduldig an sich. Die Angestellten betrachteten ihn schon etwas seltsam und machten Witze hinter seinem Rücken. Saskia bekam in ihrer Arbeitswut von all dem nichts mit. Sie fuhr fast jeden Tag zu einer Baustelle in Bochum und kehrte meistens erst spätabends total erschöpft zurück. Nach Beziehungsproblemen stand ihr dann nicht mehr der Sinn, glücklicherweise ebenso wenig nach Sex. Holger hatte also diesbezüglich seine Ruhe.

Er erledigte wie gewöhnlich die Buchführung und kümmerte sich um die Wohnung. Die Putzfrau musste von ihm ab und zu mit kleinen Schmeicheleien motiviert werden, sonst ging sie ihrer Aufgabe nur sehr unzuverlässig nach. Außerdem telefonierte sie dreist auf Saskias Kosten, wenn keiner sie kontrollierte.

Nachdem er schon die Hoffnung aufgegeben und sich zu Ablenkung einen neuen Fall unter den Nagel gerissen hatte, erhielt er endlich eine Nachricht von Jennie. Sie schrieb sehr kurz und knapp aber keineswegs unfreundlich. Holger küsste den Brief viele Male und war total aus dem Häuschen vor Glück. Er packte seinen Koffer für mehrere Tage, hinterließ im Büro die Nachricht, dass er sich wie üblich melden werde und stieg, freudig erregt wie schon lange nicht mehr, in seinen Wagen.

Saskia mochte ruhig annehmen, dass er wegen des neuen Auftrages unterwegs sei. Das spielte jetzt alles keine Rolle mehr für ihn. Es gab nur noch Jennie - und natürlich die Kinder. Das Blutgeld, welches er von der Versicherung als Erfolgsprämie erhalten hatte, wollte er ihnen so schnell wie möglich zukommen lassen. Sie befanden sich im Augenblick bei Jennies Verwandten in einigermaßen guten Händen. Jennie klang jedenfalls in ihrem Brief diesbezüglich zuversichtlich.

Materielle Mittel konnten aber nach Holgers Überzeugung dort nicht im Überfluss vorhanden sein. So würde sein Geld eine willkommene Hilfe für die Halbwaisen darstellen, die vorerst durch seine Schuld zusätzlich ihrer Mutter beraubt waren.

Er suchte als erstes Jennies Strafverteidigerin auf. Es handelte sich um eine erfahrene Juristin mittleren Alters, die Holger sehr freundlich empfing. Sie arbeitete mit Jennies älterem Bruder zusammen, der selbst keine Zulassung für den Bezirk Ostfriesland hatte.

Die intelligente sympathische Frau war zwar sehr beschäftigt, nahm sich aber durchaus Zeit, ihn anzuhören. Holger spürte, dass Jennie bei ihr in den besten Händen war. Er erklärte sich bereit, gegebenenfalls als Zeuge aufzutreten, wenn seine mögliche Aussage vor Gericht für die Geliebte entlastend sein könnte. Die gesamte Verteidigung zielte im Augenblick darauf ab, den Vorwurf des kaltblütigen Gattenmordes aus Habgier in eine Anklage auf Körperverletzung mit Todesfolge, unter äußerstem seelischem Druck, abzumildern.

Jennie selbst hatte bei der Polizei zu Protokoll gegeben, dass sie ihrem Mann nur eine Lehre erteilen wollte, damit er die Sauferei aufhöre. Dass ihr Plan für Ubbo tödlich endete, habe sie niemals bezweckt. Da sie keinerlei Vorstrafen hatte und außerdem Mutter von drei minderjährigen Kindern war, hatte Jennie, wenn der Richter ihrer Aussage Glauben schenkte, Aussicht auf eine milde Strafe.

Holger versuchte, nachdem er die Anwältin einigermaßen beruhigt verlassen hatte, Jennie in der Haftanstalt persönlich zu sprechen. Leider hatte er damit keinen Erfolg, obwohl er seinen ganzen Charme einsetzte. Einem Besuchsantrag könnte höchstens für einen nahen Verwandten stattgegeben werden, hieß es von der zuständigen Beamtin mitleidslos. Also blieb ihm nichts anderes übrig, als bis zum Prozesstermin zu warten. Allerdings gab er einen weiteren Brief für Jennie ab. Wenigstens auf diesem Wege hoffte er, mit ihr in Verbindung zu bleiben.

Insgesamt blieb er drei Tage von Düsseldorf fern. An Saskia hatte er keine Minute gedacht und sich infolgedessen auch nicht telefonisch gemeldet. Es war ihm ziemlich gleichgültig, ob sie sich um ihn sorgte. Er hatte diese Beziehung längst innerlich beendet.

Als er abends gegen elf Uhr das repräsentative Haus betrat, hörte er gleich, dass sie Gäste hatte. Genau genommen feierte sie eine ihrer in der Düsseldorfer Szene außerordentlich beliebten Künstlerpartys. Holger mochte diese Inszenierungen schon unter gewöhnlichen Umständen nicht besonders. Heute allerdings ging ihm das affige Gehabe der illustren Gäste absolut auf die Nerven.

Er war froh, dass gerade eine sehr rege Aktion um einen, ihm völlig unbekannten, extravaganten Herrn mit wallendem grauem Haupthaar im Gange war. Der Langhaarige hatte sich auf einen Stuhl gestellt und gab, umringt von einer begeisterten Schar fanatischer Kunstjünger, irgendeiner Überzeugung mit dem theatralischen Einsatz seines gesamten ausgemergelten Körpers Ausdruck.

Saskia war nicht zu sehen. So schlich sich Holger fast unbemerkt von der Partygesellschaft hinauf in sein Zimmer. Der Lärm wogte bis zu ihm herauf und ließ ihn nicht richtig zur Ruhe kommen. Also stellte er sich erst einmal unter die Dusche, die sich zwischen seinem und Saskias Schlafzimmer befand.

Als er, nur mit einem Handtuch um die Hüften und mit nassem wirren Haar, die drei Schritte bis in sein Zimmer wagen wollte, stand vor ihm plötzlich wie aus dem Boden gestampft ein ziemlich ausgeflippt wirkendes Mädchen. Der Teenager mit grüngefärbtem Haar hatte sich zwischen den exzentrischen intellektuellen Partygästen gelangweilt und beschlossen, das Haus ein wenig unsicher zu machen. Dabei war die Kleine zufällig in Holgers Privatbereich geraten.

"Oh, he Süßer! Wer bist denn du?", lallte sie und fiel ihm auch schon um den feuchten Hals.

"Langsam, langsam! Ich bin hier zu Hause und möchte meine Ruhe haben", wehrte Holger ihre Zudringlichkeit ab. Aber der jugendliche Vamp ließ nicht locker. Sie roch so unangenehm nach einem Gemisch aus Alkohol, billigem Parfüm und Zigarettenqualm, dass die Übelkeit in Holger hochstieg.

Als er versuchte sich aus der Umarmung zu lösen, verlor er in dem Gerangel auch noch sein Handtuch und stand nun vollkommen nackt da. Das machte dem stark angeheiterten Mädchen erst richtig Spaß. Sie kicherte übertrieben und begann in einem Anfall pubertärer Geilheit ihren nackten Bauch an seinem unschuldigen Penis zu reiben.

In diesem heiklen Moment kam Saskia die Treppe hinauf. Mit einem anfangs total überraschten dann wütenden Gesichtsausdruck erfasste sie die kompromittierende Situation.

"Holger! Du wirst doch nicht ... in meinem eigenen Haus ... und noch dazu mit diesem blutjungen Ding!" Man merkte, dass ihr die Worte fehlten. Sie versuchte, angesichts dieser unvermuteten Peinlichkeit, ihre überlegene Haltung als Gastgeberin zu bewahren. Auf dem Absatz machte sie kehrt und schritt sichtlich geschockt, aber mit bewundernswürdiger Pose, die Treppe hinunter.

"Saskia! Das ist doch alles völlig anders, als du denkst. Komm, lass uns reden!" Holger stieß das ausgekochte Schmusepüppchen rücksichtslos beiseite und wollte Saskia folgen. Wegen seiner unpassenden Aufmachung blieb er jedoch lieber vor der Treppe stehen, damit ihn die anderen Anwesenden nicht auch noch im Adamskostüm erblickten.

Saskia drehte sich ein letztes Mal kurz zu ihm um. Eiskalt traf ihn ihr hasserfüllter Blick, und in schneidendem Ton zischte sie ihn an: "Es gibt nichts mehr zwischen uns zu besprechen! Du bildest dir wohl ein, dass du hier hereinspazieren könntest, wie es dir beliebt. Wenn du noch eine Spur von Benehmen hast, packst du morgen deine Sachen und verschwindest aus meinem Leben!"

Holger stand da, wie festgenagelt. Sein Gesichtsausdruck war nicht gerade intelligent. Das Mädchen jammerte ein wenig, weil es sich den Arm an der Türklinke gestoßen hatte. Dann verschwand es flink nach unten, mit dem sicheren Instinkt, dass seine Anwesenheit hier unerwünscht war.

Obwohl er sich das Ende seiner Beziehung mit Saskia etwas anders vorgestellt hatte, musste Holger sich eingestehen, dass ihn diese Entwicklung eigentlich nicht allzu traurig machte. Er ging in sein Zimmer und schloss vorsichtshalber die Tür hinter sich ab. Dann ordnete er schon mal die wichtigsten Sachen, die es galt bei seinem Auszug einzupacken. Er würde sich einige Kartons besorgen und seine Bücher, die Unterlagen und den Fotokram samt Teleskop fein säuberlich zusammenpacken.

Seine Kleidung passte in die beiden großen Koffer, die er besaß. Die wenigen Möbel, außer seiner teuren HiFi-Anlage, konnte Saskia behalten. Vielleicht waren sie seinem Nachfolger einmal nützlich. Er hing nicht besonders daran, und einen Wert hatten sie eigentlich auch nicht.

Irgendwie wurde ihm während des Herumkramens bewusst, dass er seinen Aufenthalt hier immer nur als Provisorium angesehen hatte. Trotz der langen Zeit, die er in diesem Haus zubrachte, war es nie so etwas wie sein Heim geworden.

Es wäre unehrlich gewesen, zu behaupten, dass er hier niemals glücklich war, denn er hatte auch manche schöne Stunde mit Saskia verbracht. Aber es war nicht das kühle Flair dieses Hauses, was er an ihr liebte, sondern das burschikose gutmütige etwas linkische Wesen, welches sie, seit einiger Zeit mit großem Erfolg, tief in ihrem Innern verborgen hielt.

Seine Bewunderung galt vor allem der intelligenten lebenshungrigen Frau, die sich gegen den Willen ihrer in Vornehmheit erstarrten Familie in einem Beruf, der noch immer überwiegend eine Männerdomäne war, den Durchbruch erkämpft hatte. Mit der zickigen modernistischen Emanze hingegen, die aus ihr geworden war, hatte Holger nur wenige Berührungspunkte.

27. Trennung

Am nächsten Vormittag verstaute er seine gesamte Habe mit viel Geschick in seinem Auto und fuhr, ohne Saskia noch einmal begegnet zu sein, davon. Er hatte seine Hausschlüssel und einen kurzen Brief für die ehemalige Lebensgefährtin im Büro abgegeben. Seine Beteuerung, dass es ihm wegen des Missverständnisses leid tue, ergänzte er darin nur mit dem Versprechen, seine neue Anschrift schnellstens mitzuteilen, damit sie ihm die Post nachsenden könne. Dann wünschte er ihr viel Glück und Erfolg für die Zukunft. Sein Abgang sollte wenigstens soviel Stil haben, wie unter diesen verkorksten Umständen noch möglich war.

Er lenkte seinen Wagen ohne groß nachzudenken in Richtung Ostfriesland. In Aurich nahm er sich ein Zimmer in einer Pension. Zu Frau Jansen zog er diesmal nicht, weil sie ihm zu neugierig war. In den folgenden Tagen suchte er sich ein geeignetes Appartement, von dem aus er den

Sternenhimmel sehen konnte, um hier die Wochen bis zu Jennies Prozess abzuwarten.

Da schließlich sogar einige Monate banger Wartezeit daraus wurden, erledigte er ganz nebenbei drei einträgliche Fälle.

Aber dann kam endlich der Tag, an dem er die Geliebte leibhaftig vor dem Auricher Schwurgericht wieder sah. Sie wirkte sehr traurig und blass neben ihrer temperamentvollen Verteidigerin. Auch ihre Brüder waren anwesend. Die enttäuschten Eltern hatten ihre kriminelle Tochter als unwiederbringlich verloren eingestuft, und sich endgültig von ihr losgesagt.

Holger verfolgte den Prozess mit großer innerer Teilnahme. Für ihn ergaben sich jedoch in dessen Verlauf keine neuen Aspekte, die auf eine wirklich kaltblütige Tat schließen ließen. Manchmal schenkte ihm Jennie sogar einen kleinen schüchternen Blick.

Sie hatte sich in ihren Briefen nicht festgelegt, ob sie ihn noch liebte. Doch schöpfte Holger mit jedem weiteren Verhandlungstag größere Hoffnung. Er wurde nicht in den Zeugenstand gerufen, aber seine bloße Anwesenheit gab Jennie viel innere Kraft, die entwürdigenden Befragungen und privaten Enthüllungen über sich ergehen zu lassen.

Die Verteidigung hatte mit ihrer Strategie großes Glück. Jennie wirkte außerdem sehr überzeugend. Jeder Anwesende glaubte schließlich, dass diese schüchterne junge Frau eigentlich keiner Fliege etwas zuleide tun könnte und der Tod ihres Ehemannes nur eine Verkettung unglücklicher Umstände sei.

Das Urteil lautete, unter Berücksichtigung aller mildernden Umstände, auf schwere Körperverletzung mit Todesfolge und wurde zum größten Teil zur Bewährung ausgesetzt, damit man die drei unschuldigen Kinder nicht auch noch bestrafte. Da die Untersuchungshaft angerechnet werden konnte, musste Jennie nur noch für einige Monate ins Gefängnis.

Nach der Urteilsverkündung weinte sie haltlos vor Erleichterung in den Armen ihres älteren Bruders. Holger hätte sie gern getröstet, aber er konnte durch die Absperrung im Gerichtssaal nicht zu ihr gelangen.

Vor ihrer Entlassung durfte Holger sie nur einmal persönlich in der Haftanstalt besuchen. Es war eine bedrückende Situation, obwohl sie nicht, wie er es schon in Filmen gesehen hatte, mit mehreren Besuchern den Strafgefangenen in einer Reihe gegenüber saßen.

Jennie und er trafen sich, nachdem er gründlich durchsucht worden war, in einem kleinen kahlen Raum, in dessen Mitte ein großer Tisch mit Stühlen stand. Eine Gefängnisaufseherin war ebenfalls anwesend. Sie thronte gelangweilt auf einem Hocker neben der Tür. Holger hatte strikte Anweisung erhalten, die Gefangene nicht zu berühren. So nahmen sie jeder auf einer Seite des Tisches Platz und begrüßten sich sehr steif ohne Händedruck.

Ein richtiges Gespräch wollte in dieser unfreundlichen Atmosphäre nicht in Gang kommen. Jennie saß meistens mit gesenktem Blick da. Sie sah müde und traurig aus. Der trostlose Anblick bohrte sich tief und schmerzvoll in Holgers Herz wie ein glühendes Eisen.

So viele große Worte wogten aus seinem Innersten heran, fanden aber nicht den Weg über die wie gelähmt am Gaumen klebende Zunge, sondern versanken lautlos im Ozean seines aufgewühlt pochenden Blutes. Was er schließlich hervorbrachte war ein nichtssagendes Gestammel.

Jennie ihrerseits sprach, wenn überhaupt, nur leise von den Kindern. Sie schien sich unendlich um ihr Wohlergehen zu sorgen.

Sein finanzieller Zuschuss war freundlich angenommen worden, und sie bedankte sich stereotyp wie ein wohlerzogenes Mädchen dafür. Gerade, als er langsam Mut fasste, Jennie auf eine mögliche gemeinsame Zukunft anzusprechen, tickte die Beamtin mit dem rechten Zeigefinger hörbar auf das Glas ihrer Armbanduhr und meinte streng: "In zwei Minuten ist Ihre Besuchszeit zu Ende!"

Der entsetzliche Gedanke, sich nun wieder trennen zu müssen ohne den Weg zueinander gefunden zu haben, befreite Holger sekundenschnell aus seiner Verklemmung. Plötzlich sprudelten die Worte aus ihm heraus. Er flüsterte bis dahin niemals geäußerte Liebesbezeugungen und flehte sie mehrfach um Verzeihung an.

Jennies Wangen waren vor Aufregung leicht gerötet, und sie murmelte Worte ohne jeglichen Zusammenhang. Dann verabredeten sie sich eilig für den Tag ihrer Entlassung vor dem Gefängnistor. Als er sich, von der Wärterin gedrängt, endlich mit einem angedeuteten Kuss von Jennie verabschiedete, funkelte ein winziges Licht in ihren Augen. Dann verschwand die Geliebte nochmals für einige Wochen unerreichbar im Inneren der Haftanstalt.

28. Wiedersehen

Über ein Jahr war es her, seit Holger Jennie bei dem dusseligen Auffahrunfall zum ersten Mal Auge in Auge gegenüberstand. Sein Leben hatte sich ziemlich verwandelt, und die größte Veränderung stand ihm noch bevor: Bald würde er eine richtige Familie haben!

Er hatte seine Entscheidung, Saskia und die Welt des schillernden Erfolges zu verlassen, noch nicht bedauert. Anfangs sandte sie ihm nur wortlos die Post zu. Nachdem der Strom langsam versiegte, schickte sie einen freundlichen Brief, in dem sie ihm ein Friedensangebot machte. Er reagierte darauf überhaupt nicht, und hatte nun seit mehreren Monaten glücklicherweise nichts mehr von ihr gehört.

Endlich kam an einem milden sonnigen Herbsttag der wunderbare Augenblick seines ersehnten Wiedersehens mit Jennie. Er wartete im Auto vor dem Ausgang der Frauen-Haftanstalt ungeduldig auf ihr Erscheinen. Brieflich hatte sie ihm den

Zeitpunkt mitgeteilt. Holger sollte Jennie anschließend gleich zu ihren Kindern nach Hannover fahren. Als sich das schwere Tor knarrend öffnete und sie unmittelbar darauf tatsächlich erschien, war er für einen Moment vor Freude wie gelähmt. Dann stürzte er aus dem Wagen, riss noch schnell den Blumenstrauß vom Beifahrersitz und rannte ihr erwartungsvoll entgegen.

Sie stand einfach nur da — ein hilfloses elendes Etwas. Der nagelneue Koffer zog mit seinem Gewicht ihren rechten Arm nach unten. Die gewohnten Karottenjeans schlotterten um ihre abgemagerte Figur. Das zusammengebundene Haar wirkte glanzlos.

Sehr blass lächelte sie ihm halb schüchtern halb erwartungsvoll zu. Er umarmte sie sehr stürmisch mitsamt den Blumen. Beinahe verlor sie dabei das Gleichgewicht. Der Koffer plumpste einfach aus ihrer kraftlosen Hand auf Holgers linken Fuß. Er spürte nichts davon in seiner großen Wiedersehensfreude. Am liebsten wollte er Jennie nie mehr loslassen.

Es dauerte eine Weile, ehe sie ordentlich nebeneinander im Auto saßen, um ihre gemeinsame Fahrt anzutreten.

Die stürmische Freude verwandelte sich allmählich in eine Art stilles Glück. Jennie genoss die wiedergewonnene Freiheit in vollen Zügen. Sie konnte sich nicht satt sehen an der vorbei rasenden weiten Landschaft. Holger betrachtete die Geliebte, sobald es die Verkehrsverhältnisse zuließen, immer wieder mit vielen intensiven Seitenblicken. Sie schwiegen beide. Manchmal ist ein Moment so von tiefen Gefühlen durchdrungen, dass die Sprache versagt.

Da Holger in der Aufregung vergessen hatte, den Wagen vollzutanken, mussten sie die Fahrt kurz unterbrechen. Jennie kaufte im Tankshop einige Leckereien für die Kinder, die sie so schnell wie möglich nach Hause holen wollte.

"Nicht weit von hier beginnt die Lüneburger Heide. Das Heidekraut blüht zu dieser Jahreszeit ganz prächtig. Hättest du Lust auf einen kleinen Abstecher? Wir könnten dort zu Mittag essen", schlug Holger vor.

Jennie sah ihn dankbar an und nickte zustimmend.

Während er den Wagen konzentriert in die entsprechende Richtung lenkte, begann sie plötzlich zu reden: "Ich bin wirklich froh, aus dem Knast 'raus zu sein. Es war fürchterlich! Ich hab' immer nur an die Kinder gedacht und für sie gestrickt und gebastelt. Der ganze Koffer ist voller Zeug." Sie machte eine kleine Pause, um die in ihr aufsteigenden Tränen hinunter zu schlucken. "Nur die Psychotante war ganz nett zu mir. Sie hat mir geraten, erst mal die Finger von den Männern zu lassen und lieber einen Beruf zu lernen. Meinst du, sie hat Recht?" Jennie blickte Holger zweifelnd an.

"Sich weiterzubilden ist nie verkehrt. Schließlich bist du eine sehr junge Mutter. Irgendwann werden dich die Kinder nicht mehr rund um die Uhr brauchen, dann kann ein Beruf, der Spaß macht, sehr nützlich sein. Zu der Sache mit den Männern will ich mich lieber nicht äußern. Natürlich nur, weil ich durch meine Gefühle total befangen bin", er lächelte etwas verlegen. Dann schwiegen sie beide wieder.

Nach einer halben Stunde Fahrtzeit lugten bereits die ersten leuchtend blühenden Erika-Büschel zwischen dem ausgedörrten Gras entlang der Straße hervor. Holger folgte den Hinweisschildern zu einem großen Parkplatz, von dem aus man die Heide auf bequemen Sandwegen erwandern konnte. Es stand dort eine Reihe von Planwagen bereit, um gehbehinderte oder ältere Personen zu einer ausgiebigen Erkun-
244

dungsfahrt aufzunehmen. Die kräftigen zottigen Pferde warteten schnaubend und hufscharrend auf ihren Einsatz. Einige dösten auch müde und stumpf in der milden Herbstsonne.

Holger stellte den Wagen ab und schlenderte Hand in Hand mit Jennie los. Es war ein strahlender Tag. Die Sonne blitzte aus reinem Azur und tauchte die herbstliche Welt in sehr freundliches Licht. Es wehte ein ungewöhnlich lauer Wind.

Durch einen bunt belaubten Mischwald führte sie der Wanderweg direkt mitten hinein in die entzückende typische Heidelandschaft. Ein wundervoll aromatischer Duft von blühender Erika und Wacholder begleitete sie. Die sanften Hügel ringsum leuchteten zart gelb, kräftig rosa und dunkelgrün.

Zu lautlosen Wogen formte eine gleichmäßig milde Brise die ausgeblichenen hohen Gräser-Rispen. Dazwischen lockten große Inseln des vollerblühten Heidekrautes unzählige Insekten an, die summend über der gesamten Fläche schwebten. Die alten knorrigen Wachholderbüsche mit ihren würzigen dunklen Früchten standen, unberührt vom Lauf der Zeit, inmitten der strahlenden Pracht.

"Hier ist es wunderschön!", rief Jennie plötzlich, nachdem sie schon eine Weile diese einmalige Landschaft andächtig bewundert hatten. Sie vollführte einen kleinen Luftsprung, weil sie befürchtete, vor Glück zu platzen, wenn sie nur noch einen Moment länger verweilte. Deshalb rannte sie einfach los. Holger war etwas verdutzt von ihrem plötzlichen Energieausbruch. Aber das passte zu der Jennie, die er liebte. So schnell er konnte folgte er ihr, stolperte beinahe über eine Baumwurzel und holte sie endlich, ziemlich außer Atem, ein.

Es waren an diesem Wochentag außerhalb der Ferienzeit kaum Wanderer unterwegs. So fühlten sie sich verhältnismäßig ungestört.

Er zog Jennie zu einer kleinen Baumgruppe, die von ineinander verschlungenen Birken gebildet wurde und küsste sie innig. Dann sah er sie lange an. Sein Herz klopfte rasend, teils von der körperlichen Anstrengung, teils vor Erregung.

Das vergangene Jahr hatte seine Spuren in ihrem Gesicht hinterlassen. Es war eine erwachsene Frau aus ihr geworden, der man ansah, dass das Leben oft bitter schmecken konnte. Ihr naiver Kinderblick war einem verlockend melancholischen Ausdruck der schönen Augen gewichen.

Ihre zarte Haut erschien sehr bleich, weil die Sonnenstrahlen sie eine lange Zeit ebenso wenig berühren durften wie seine Hände. Auch das schöne lange Haar hatte, bedingt durch ihr mangelndes Interesse an ihrem eigenen Körper, nicht seinen üblichen goldenen Glanz, sondern wirkte wie ungeputztes Metall. Die Appetitlosigkeit infolge der drückenden Seelenqualen und Gewissensbisse hatten ihre weichen Wangen etwas hohl werden lassen und einige zarte Linien auf ihre gewölbte Stirn und neben ihren schönen Mund gezeichnet.

Holger bedeckte in einem Anfall von Mitleid und brennender Sehnsucht das innig geliebte Gesicht mit unzähligen kleinen Küssen.

"Oh, wie ich dich liebe!", flüsterte er dabei.

Dann fühlte er ihre sanften Hände in seinem Haar. Sie bog seinen Kopf zurück und sah ihm mit ungewöhnlicher Ernsthaftigkeit direkt in die Augen.

"Hast du dir alles wirklich gut überlegt? Mach dir eins klar: Wenn du nur ein Spielchen mit mir treibst, gehe ich daran kaputt!" Sie setzte die schlichten Worte sehr bedächtig aneinander, was ihnen ein bedeutungsvolles Gewicht verlieh.

Er trat abrupt einen Schritt zurück und blickte sie entsetzt an.

"Das würdest du mir zutrauen, nachdem ich die ganze Zeit zu dir gehalten und alles andere für dich aufgegeben habe?"

Wie eine Ertrinkende schlang sie ihre Arme um seinen Hals und flüsterte hilflos schluchzend in sein Ohr: "Ich habe eine Scheißangst, dass alles wieder ein böses Ende nimmt."

Sie schützend in seinen Armen bergend, erwiderte er mit sanfter Stimme, als gelte es ein verstörtes Kind zu beruhigen: "Ach, Liebste, ich verstehe dich ja. Meine Sorgen und Ängste in den vergangenen Monaten waren bestimmt ebenso groß. Aber ich weiß nicht, was ich mehr tun kann, als dir zu schwören, dass ich dich ehrlich liebe. Wenn es dir hilft, schwöre ich bei der unvergleichlichen Schönheit dieses duftenden Erika-Feldes und bei allen übrigen Geheimnissen des Universums, ja, sogar beim Grab meiner Mutter, dass ich dich und die Kinder glücklich machen will."

Holger glaubte zu spüren, wie sich die sterblichen Überreste seiner alten Dame in diesem Augenblick in wilder Rotation durch die feuchte Erde bohrten. Aber der Gedanke amüsierte ihn lediglich. Mit einem kleinen Lächeln versuchte er die verkrampfte Situation zu entspannen.

Da ergriff ein heller Funke seiner aufrichtigen Zuneigung Jennies verzagtes Herz und entfachte es lichterloh. In dem blendenden Schein sah sie alles glasklar vor sich:

Es gab für sie nur diesen einen Weg — auch wenn sie nicht ausschließen konnte, dass dies ein weiterer Fehler war.

Und es erfüllte sie mit unsäglicher Genugtuung und hoffnungsvoller Zuversicht, dass zum ersten Mal in ihrem Leben nicht andere Menschen, sondern ihr Gefühl und ihre freie Entscheidung, die Richtung bestimmten.

Stürmisch saugte sie sich an seinen warmen Lippen fest. Und beide verschmolzen in einem leidenschaftlichen Kuss.

Epilog

Alle Personen in diesem Roman sind fiktiv und ihre Namen frei erfunden. Auch die Handlung ist selbstverständlich so nie passiert. Jegliche Übereinstimmung mit lebenden Personen oder tatsächlichen Begebenheiten wäre rein zufällig und ist von der Autorin nicht beabsichtigt.

Danksagung

Ich danke meiner Familie für ihre vielfältige Unterstützung und Geduld. Ohne sie wäre es mir nicht möglich, mein zeitaufwendiges Hobby auszuüben.

Die vielen Menschen, die mehr oder weniger zufällig meinen Weg kreuzen, und bewusst oder unbewusst zahlreiche Anregungen zu meinen Geschichten liefern, besitzen für immer einen besonderen Platz in meinem Herzen.

Nicht zuletzt danke ich meinen Leserinnen und Lesern, die meine Bücher fortwährend mittels ihrer eigenen Fantasie zum Leben erwecken.

Marion Scheer

Zur Autorin

Marion Scheer wurde 1952 in Düsseldorf geboren. Im Anschluss an eine Banklehre und einige Jahre als Sachbearbeiterin bei einer Düsseldorfer Großbank, studierte sie Mathematik, Geografie und Geschichte auf Lehramt. Sie lebt und arbeitet seit fast vierzig Jahren an der ostfriesischen Nordseeküste und ist mehrfache Mutter und Oma. Solange sie schreiben kann, betreibt sie in ihrer Freizeit die Schriftstellerei. Dabei verarbeitet sie vorwiegend tatsächliche Begebenheiten und Erlebnisse zu Fantasiegeschichten. Leider verhinderten mehrere schwere Schicksalsschläge, dass ihre Romane schon früher veröffentlicht wurden.

Heute lebt die Schriftstellerin mit ihrem jetzigen Ehemann zurückgezogen in der Nähe von Emden.

Kontakt: mascheer@gmx.net

Folgende Bücher von **Marion Scheer**
sind ebenfalls bereits in diesem Verlag
erschienen:

Die Frau des Quacksalbers
(Ostfrieslandkrimi)
Die Deichhexe
(Ostfrieslandkrimi)
Hundeverbot
(Ostfrieslandkrimi)
Von Tieren und Menschen
(kleine Geschichten)
Drachenliebe
(fantastische Geschichte)

Gottes-Geschenke

Ich lege dir das schäumende Meer zu Füßen,
mit all seinen tiefen Geheimnissen,
und umhülle dich sanft
mit dem Gewand des Himmels.

Ich lasse dir eine Blumenwiese wachsen,
auf der sich alles Leben wohlig tummelt,
und streichle dich zart
mit dem Hauch des Windes.

Ich geleite dich in den lichten Buchenhain,
in dem die grün-goldenen Strahlen tanzen,
und singe dir froh
mit kleinen Vögeln ein Lied.

Ich trage dich auf den Gipfel der Berge,
wo die rote Sonne den Schnee küsst,
und erfreue dein Auge
mit allen Farben der Welt.

Marion Scheer (März 2004)